冰瑩書信

謝冰瑩著

三民叢刊27

三民書局印行

冰瑩書信

半世紀前的一封信

賈奶奶信箱

未付郵的信

給女兒的信

給臺灣的朋友們

海外寄英英

附錄

半世紀前的一封信

諸位同學：

我們現在正式武裝起來了，直接踏上了革命之途，我們的生命，都交給了國家民族，我們的鮮血，都準備著爲痛苦的民衆而流。

我們入校，已有三個星期了，在這短短的期間裏，我看出了我們一百八十餘人的精神，固然有很多勇敢的，謹守紀律、忍苦耐勞的；然而精神渙散、不守紀律、害怕吃苦的也不少。這種現象，是免不了的，此刻不能加以苛責；因爲以前我們在中學、師範，或者大學讀書的時候，當然沒有受過這樣嚴格的紀律訓練，我們現在的早起，與每天上午四小時的操練，是我們生平第一次上的特別功課。大家破天荒來嘗軍中生活的滋味，難免有少數人會感覺痛苦；但我始終佩服我們的姊妹們，並不因受苦而開小差。

當我看到學校門口，有一張佈告，學生因逃走而被開除，我心裏很覺奇怪：他們初進來，爲什麼就逃走呢？難道軍中的生活眞苦嗎？那麼我們將來怎麼辦呢？我雖下了決心而從軍，不知所有的女同學都能吃苦嗎？假使她們有身體衰弱的，又怎麼辦呢？……種種思潮，總是在我的腦海裏縈繞著；同時我二哥的一位朋友說，男生尚且私逃，你們女生更不知道怎樣害怕呢？

到校這麼久了，還沒有人逃走，這事我很可以對向我說話的人驕傲，證明他猜想的錯誤！現在我想分析一下我們這麼多人裏面，其所以沒有逃走的原因，不外下列幾點：

一、學校優待女生，訓練嚴而不苛，女同學不感覺痛苦。

二、過去因受壓迫太深，下了革命的決心，雖稍受苦，也甘心忍受。

三、長官每天勉勵我們要做全中國婦女的模範，榮譽心使我們不開小差。

「中央軍政校女生隊，是開中國女子學軍事的先鋒，也是開世界各國的先鋒。」這幾句話，在初入校的那兩天，是常聽到各位長官說的。我當時很興奮！眞的，我們穿武裝開中國婦女的先鋒，我們革命也是開世界各國婦女實際參加軍事革命的先鋒——雖然，俄國十月革命有一部份女子參加；英、法各國革命，也有少數婦女在內；但我們將來是爲全國，甚至爲全世界被壓迫婦女求平等，謀求自由的先鋒，所以我們的責任特別重，負的使命特別大。親愛的姊妹們，你說我們要怎樣努力，才能做一個二萬萬婦女裏面的模範，引導她們向革命之路邁進；因此，我希望大家：

第一，認清我們求學的目標。

我們有的從數百里，有的從數千里外跑到這裏來，進中央軍校的目的是什麼？我們拋棄了安閒舒適的學生生活，甘願過辛苦的、紀律的軍中生活，到底是爲的什麼？我們應該很清楚地知道：我們來學軍事是應時代的需要；現在是什麼時代？是革命的北伐時代，革誰的命呢？革軍閥與帝國主義者的命，革土豪劣紳、貪官汚吏、買辦階級的命，革一切封建勢力的命，我們來學軍事政治的目的，是要學習革命的理論，鍛鍊我們的身體，團結我們的精神，統一我們的意志，使我們成爲中國婦女解放的領導者，領導她們都來參加國民革命，因此我們要做一個完美的革命模範女軍人，我們要：

1.除去散漫性，服從紀律。隊長時常說，我們應該剷除以往一切的散漫習慣，絕對服從軍紀。是的，這兩句話，無論誰，都應該時時刻刻記著，而且時時刻刻要實行的。

回憶我在師範學校讀書的時候，過慣了散漫自由的生活，同學們都躭心我進學校，一定受不了這種束縛機械的生活的，誰知她們的猜想錯了！我自從入了女生隊，身體胖了許多，食量大增，精神比以前愉快多了。什麼原因呢？因爲進校的那天，脫下穿了十多年的便服，換上了革命的戎裝，在隊長訓話的時候，我受了革命的洗禮，把以前的「舊我」，換上了一個「新我」，所以我願意改變我的生活，犧牲我個人的自由、個人的快樂，絕對服從團體，過那像鋼鐵一般的紀律生活。

親愛的姊妹們，我們來參加革命，是要犧牲個人自由和幸福的，我們的生命將來尚且要犧牲，何況一點散漫習慣，還不能改變嗎？

我們偉大的 總理孫中山先生說過：因爲中國人只愛個人自由，不顧團體，所以外國人說中國人像一盤散沙；又說：要團體得了自由之後，個人才有自由。親愛的姊妹們，我們的生命是交給黨了的，所以要服從黨紀；學校是在黨的指揮下成立的，所以我們要服從學校一切嚴格的紀律。總之，我們革命首先要從自己革起！一切不良的習慣、不正確的思想、不規則的言語行動，都要重新改造，成爲一個服從紀律、思想革命化的新我。

2. 去虛榮心。所謂虛榮心，是很複雜的：有精神上的虛榮，有物質上的虛榮。第二種，我們已經革除了，因爲武裝起來的緣故，種種華美的衣服不能穿，貴重的手飾不能戴，連少數愛美的同學擦粉、抹胭脂的行爲，都被禁止了。這固然是好現象；然而究竟是女子的恥辱呵！我們既然是革命時代的女兵，應當自動革除虛榮心，不打扮、不裝飾，爲什麼要長官來干涉、來禁止呢？

至於第一種虛榮，我不敢斷定我們有或者沒有；但根據我的觀察，以及從心理上的推測，在將近二百人中間，總有最少數懷著虛榮心的；譬如有人想做時髦的女軍官；有人想做婦女革命的領袖；有人想做將來的女政客、女官僚；也許還有人抱著政治的野心，另圖發展的；……如果眞是這樣，那麼請快點滾開去，不要站在中央軍校的門內，因爲中央軍校，是培養革命人才的學校，絕對不容許有想升官發財者在內的。我們不要以爲在中央軍校畢業之後，在社會上一定能佔很高的位置，在婦女界，能做個偉大的領袖。我們要知道革命軍人，是不容許有一點虛榮心的，因爲虛榮心是絕對自私的，完全替自身打算，替自己謀利益的；假如有人專爲自己著想，忘了民衆，忘了國家，一個不顧民衆，不顧國家的人，我們正要打倒他，因爲他只想自己升官發財，這是人類中的敗類，民族的罪人，自己既是個革命軍人，難道還要別人來打倒嗎？

3.革除女子習性。所謂女子習性者，就是依賴性與精神衰弱之表現。我們所受的教育、所受的待遇，既與男生平等，我們的工作，也應該和他們一樣。我們千萬不要表示自己是女子，要求學校對於我們的管理規則特別放鬆；換句話說，我們不要學校優待我們，因爲「優待」是可憐我們，以爲女子弱於男子，不能和他們一樣做事、一樣吃苦，所以對於我們不得不憐憫。試問革命軍人，應該受人憐憫的嗎？我們要拿出百折不撓的精神來，接受學校一切嚴格的訓練；我們要做和男生一樣多的工作，我們要忍苦耐勞，除去男女界限；同時希望學校當局，也不要特別優待我們，因爲要想做個眞正的革命軍人，非經過一番磨練，受很多苦痛，是不能成功的。

第二，做個革命的實行者。

革命不是在口頭上喊幾聲口號，所能做到的；更不是紙上寫幾個「犧牲」、「流血」就能成功的。我們說一切的革命空話，當然非常容易，連小學生都會說「打倒軍閥」，「打倒列強」，其實他們都了解革命的意義嗎？都會去實行嗎？當然不會，因此我們不要只唱革命的高調，應當做個革命的實行者。第一步，從自己改革下手，養成完美的革命軍人；第二步，剷除封建思想；第三步，實際去做婦女運動，需要我們流血的時候，我們就勇敢地踏上戰場，爲民衆而犧牲。

第三，不要忘了我們的痛苦。

我們有些什麼痛苦呢？這是大家應該知道的。我們同是中國人，當然受著帝國主義的侵略，與軍閥的宰割；但同時還有比這更厲害，而且直接致我們死命的舊禮教束縛我們，所以我們是人類中最痛苦、最不自由的。在這個時候，我們千萬不要忘記了自己是個被壓迫者；更不要忘了現正在壓迫中掙扎的女同胞，我們不要以爲自己參加了革命，以後就可不顧一切了；要知道我們之所以投筆從戎，一方面固然是爲自己謀求自由平等幸福；但是革命的眞正意義，是爲全國同胞謀求自由平等利益幸福。假如多數女同胞的痛苦沒有解除，就是我們的壓迫沒有解脫，因此我們要時時刻刻記著我們自己和別人的痛苦，時時刻刻想方法去解除。

第四，不要忘記中國過去婦女運動的失敗。

我國的婦女運動，在三、四年前可說是鬧得天翻地覆；可是後來終於失敗了，這是什麼緣故呢？因爲鬧的是婦女參政運動，老實說，她們之中，很多沒有參政的資格偏要和男子一樣地去爭權奪利，她們那裏知道男女平等的眞正意義呵！我們革命是要把所有被壓迫的婦女從封建社會、帝國主義社會裏救出來，試問以前做婦女運動的她們，曾經顧到大多數被壓迫的婦女沒有？她們只謀本身的利益，忘了民衆的要求，這種自私的婦女革命，當然不能成功。事實和經驗告訴我們，革命一定要大多數民衆參加，才能達到成功的目的，因此我們要喚醒農村及城市一切被壓迫的婦女，站在一條戰線上，共同奮鬪！如此，我們五千年來被重重壓迫的婦女才能得到拯救，我們的革命才能成功。

親愛的姊妹們，「前車已覆，後車鑒之」，我們腳踏實地來共同努力吧。

學校用國家的財力來栽培我們，一切衣、食、住、行，都由學校供給，大至被褥，小至一針一線，都是民脂民膏，我們應該怎樣努力才不負國人的期望，才能負起參加國民革命的重大使命！

民國十六年二月二十四日

賈奶奶信箱

怎樣應付男同學？

——答浩浩小友

浩浩小友：

我收到很多小朋友來信，從來沒有問過我什麼難題，我很容易回答她們；只有你這次的問題，可把我難倒了。在我腦子裏，想了不知有多少次，最後，不管你高興不高興？能不能接受我的意見？我也要把我五十年前的理論，對你重說了。

親愛的小浩，你是個很天真、可愛、美麗、坦白的孩子，還只有十五歲，長得又高又大，怪不得男同學喜歡你；主要原因，是你的功課好，在班上你老是冠軍，又有兩門功課得獎。你的國語、英文、廣東話、福建話，樣樣都能，你生來有語言學的天才，目前又在學法文、西班牙文。

浩浩，你不要貪多，身體要緊，健康第一。學海無涯，我們要有計劃地按部就班去學習、去研究，我希望你進了大學，成爲專才，而不是通才。

現在我來回答你目前最感困難的問題。你告訴我，這問題連你母親都不知道；但你相信我不會告訴她的。不錯，我擔保不告訴令堂；但今天我將你的問題公開了（因爲這不只是你個人的問題），好在香港看不到世界日報，這封信發表後，我會剪下複印一份寄給你，只要你不給令堂看，她是無從知道的。

小浩，這並不是什麼秘密，不只是你，也是一般青少年感到最苦惱、最煩悶的問題：德國的名作家哥德早就說過：「那個少男不鍾情，那個少女不懷春……但此中有血淚飛奔。」（請原諒，「少年維特的煩惱」不在我手邊，還是六十年前讀過，原文已忘記了。）

你問我：「目前有三位男同學在追求我，他們的功課都不錯，有中國籍，也有外國人。他們常常邀我去郊遊、去跳舞、去參加男女同學的生日派對，我每次服從母命都拒絕了。自然，他們都不高興，認爲我的思想太守舊，他們說，現在是什麼時代？還分什麼男女界限？不都早已平等了嗎？賈奶奶，我該怎麼辦？請您告訴我。」

浩浩，我現在對你說老實話，我是不贊成中學生談戀愛的，至少要進了大學，才開始和男同學社交。在四年大學之中，可以選擇你適當的對象，做爲將來終身的伴侶。

中學時代的青年，不論男女，感情還沒有成熟，對於社會、人情，認識不清、意志薄弱，容易感情衝動；假若有女孩，一旦受異性甜言蜜語的誘惑而失身，那就葬送了她寶貴的前途。

而且中學時代，正是求學最重要的階段，能夠進大學和研究院，全靠這幾年打好基礎，千萬不可和有些外國學生，或者大官財閥們的花花公子交朋友，他們只是在大學專科掛個名，整天過著吃喝玩樂的遊蕩生活，像這種人，將來都是社會的寄生蟲，社會的渣滓。

現在再回到你的問題上來，你說有一位特別對你專情的男孩，他的感情很脆弱，假如你不理他，他會傷心得要死。傻孩子，你不要太天眞，「你如果不接受我的愛，我就會自殺在你的面前！」倘若有人在你面前說這種話，你千萬不要害怕，這是演戲的臺詞，他在任何一個可愛的女孩面前，都可以這樣說的。

小浩，也許我說的這些話，使你太難過，太失望；甚至會「討厭這樣的賈奶奶，完全像我媽一樣頑固。」說實話，要不是我這麼愛護你，關心你，我不會在深更半夜，爲你寫這封長信。將來總有一天你長大了，會了解我的話，完全爲你未來的幸福，未來光明燦爛的前途而說。

最後的結論是：你儘可很理智地、委婉地，謝絕他們不去跳舞，不和他們單獨去看電影；你說功課太忙，下課回家，還要幫忙父母做家事。兩條腿在你身上，你不去，他能將你怎樣?至於學校的同樂會，和班上同學去郊遊等等，當然可以參加。

最要緊的，和男同學交往，你不能動眞感情，你要處處小心提防，用理智來處理一切的交際事項;男孩如送你定情禮物，千萬不可接受。更不可像洋人似的隨便擁抱、親吻。

小浩，我說得太嚕嗦、太直爽，請你原諒。

祝你

努力求學，前程無量!

賈奶奶寫於七三（一九八四）、十、四夜深

我爲什麼愛交小朋友

曾經遇到幾位作家朋友，她們問我：「你爲什麼特別喜歡交小朋友？」我回答她們：「每個小孩都是天眞活潑、善良可愛，他們的赤子之心最純潔、最熱情，我雖然經歷過不少人世的滄桑；但我童心未泯，我愛孩子，我喜歡他們在給我的信上，畫上幾十個心（像黃詩涵、詹煥卿兩位小友），不管她們寫什麼、畫什麼，一筆一劃，都是出於她們的眞心誠意。我保存她們的筆跡，發表他們寫給我的信和文章，將來他們長大了，或者再過二三十年之後，他們之中有的成了大文學家、政治家、科學家、藝術家、詩人、教育家……那時自己再翻看小時候的相片和文字，一定有一種說不出的高興。」

三十六年前，當我還在北平師大教書的時候，就常和朋友談起，我國的兒童讀物太少了！非但沒有固定的兒童刊物，連他們看的書也太少了，有的都是些翻譯外國的故事，其實中國古時的歷史故事，可以介紹給小朋友看的文學、科學、美術、成語、格言的故事，太多太多了！只要我們愛護兒童，關心兒童，時時想到我們在小的時候，喜歡看那些書、喜歡寫那些文章，那麼我們就知道兒童需要那些精神食糧；最重要的是，他們不單只要家庭父母、兄弟、姊妹的愛，還需要老師、同學、朋友的愛。

每次當我開信箱，抱著一大包信件、雜誌、報紙回到房裏的時候，我總是先剪開小讀者的信來看，我要特別小心，因為他們的信裏面，常常夾著小狗、小貓、小兎子、小鳥之類，不能剪破了。

朋友，看到這裏，請你不要笑我只會寫給小朋友看的東西，眞的，我是太愛他們了！

這是一個很有趣味的故事：

在七十八年前，當我滿週歲的時候，家裏照例舉行「抓週」儀式，在茶盤裏放著筆、花、一個煮熟了的鷄蛋、算盤、剪刀、一塊很漂亮的花布，如果是男孩，不擺剪刀；假若是女孩，不放筆。這是自遠古以來，我們鄉下（湖南新化謝鐸山）遺傳下來的風俗。他們說：若是小孩拿筆，將來長大了，愛讀書，會寫文章；拿花，表示愛情，男孩會喜歡女人；伸手就拿鷄蛋，表示好吃；算盤，代表有錢；剪刀和花布，是女人喜歡縫衣。我是女孩，本來不放筆的；但姊姊主張要放，她說：「爸爸說過：如今時代不同了，女孩也要上學堂，放一支筆吧。」

母親是不贊成女人讀書的；但她覺得沒有關係，反正小孩都愛拿鷄蛋的；誰知出乎她們幾個人的意外，我一伸手就拿住筆；而且不肯放下，也不要其他任何東西，據說姊姊高興得鼓掌，媽媽很生氣地說：

「有什麼值得高興的？如今是民國了，又沒有女狀元可中，要讀書做什麼？」

這雖是一個故事，證明我生來與筆結成不解之緣；至於交小朋友，還是上小學的時候；和小讀者通信，也有六十年的歷史，起初只是和少數的小朋友通信，抗戰前，我寫了兩本「給小讀者」，大約有六萬字左右，交給上海的「春潮」，那是一九二九年，替我出版「從軍日記」的書局；誰知後來稿子丟了！到了臺灣，開始和蔡益彬兄妹四人通信，還有湯丹霞及其他小友（她已拿到博士，現在洛杉磯工作；益彬在美讀完碩士，現任淡江大學講師，他的三個妹妹都在大學教書），他們二十多年前寫給我的信，這次也都編在「小讀者與我」這本書裏。

一封信

親愛的小朋友們：

大家好！久違了！

我雖然兩年多沒有和你們通信；可是我的心裏經常想念你們。和我通信最勤最多的是林詩皓，其次是李青芬和李蕙文。詩皓告訴我，已經保存我一百三十多封信，我收到她的，還不止這數目，因爲我有好幾次是收到她兩三封才回的。

小朋友們，時光是可愛的，它在無形中使你們長大，過去和我通信的小朋友，有三十多位進了大學，可是我寫信給她們，還是稱呼小朋友，以我這八十歲老婆婆和你們一比，自然夠資格了，哈哈！

時光也是可怕的，我一天比一天老了，對我來說，去年我的損失太大了！因爲眼睛痛、流淚，我非但不能寫文章，連朋友的信也很少寫！特別對不起小朋友們，你們的來信那麼多，那麼快，而我常常幾個月之後才答覆，即使你們能原諒我，我的心裏總感到內疚！我收到從印度、馬來西亞、新加坡、菲律賓、香港、臺灣等地寄來的賀年卡，有老朋友、大朋友、小朋友的，一概沒有回，從今天開始，我要按照地址去信道歉及致謝。

現在要告訴小朋友的是：「小讀者與我」是前年九月出版的，香港自助出版社的朱浩然先生，早就按照我寄給他的地址，每位小朋友贈送一本。大半的小朋友來信告訴我收到了書，只有少數因爲地址遷移，我想請求出版社補寄，盼望小朋友給我來信，告訴我新的地址。

世界日報的「家園」和「兒童世界」，我是每天必定先看的，即使眼睛痛、流淚，我也不放過。每次看到小朋友的文章、漫畫，我特別高興，因爲你們一天一天的在努力，在進步。

親愛的小朋友們，我想要和你們說的話很多、很多，只是不爭氣的眼睛，不容許我多寫，我吃了好幾種藥治它，仍然沒有效。如果天天不寫不看，就沒有問題，可是整日閉目，我豈不成了瞎子嗎？太痛苦了！我絕對辦不到！

親愛的小朋友，再見！祝

大家健康、快樂、進步！

賈奶奶

謝冰瑩　上

在自己的國家上學眞好

——介紹新書「老外上小學」

親愛的小朋友們：大家好！

這眞是一個特別的喜訊，林秀霞阿姨的「老外上小學」，和我們大家見面了！這是一本很有趣、很特別的書，關於內容，我想作者和其他的朋友一定有詳細的介紹，今天我要說的有兩點小小的意見，還介紹一些此地中文學校上課的情形。

第一，我國自從有兒童文學以來，我們所看到的都是些本國和外國的歷史故事、童話、成語故事、科學常識，以及遊記之類；而對於世界各國的小學生生活，學校的設備、規則，以及上課的情形，我們都不知道，如今，林秀霞阿姨費了很多心血、精神，和寶貴的時間，訪問在臺灣留學的外國朋友，寫出他們在自己的國家上課的實況，這是最珍貴的第一手資料，寫來眞實、有趣、動人。

林阿姨的文字簡潔、流利，是她的特長，這裏介紹二十一個國家的小學生活，我想一定特別能吸引讀者；最重要的是：書中所敍述者，都是眞實的故事，絕不是想像而寫成的；每一句話，每一件事，都有事實根據，不但小朋友看了，可以和自己在學校的生活比較一下好壞；我還希望各位小學老師、各位家長，也抽出點時間來欣賞一下這本書，包您會得到很大的快樂和感想。

第二，我要把這裏（指加州）的中文學校上課情形，作一個簡單的介紹：

這裏的中文學校，是利用星期六上午，十點至十二點，爲上課時間。教科書是僑委會寄來的，國語、常識兩種課本，由一册到十二册都是特地爲海外的小朋友編的，附有注音字母，內容與國內的稍有不同，例如聖誕節、感恩節之類，學校放假、家家吃火鷄……，是我們國內沒有的。

除了最重要的國語之外，還有音樂、舞蹈、美術、勞作、剪貼等；不過這幾門課不是每週有，例如康郡中文學校共有十二班，學生兩百餘人，大家只好輪班上課。音樂敎的是中國歌，舞蹈有土風舞、山地舞。全校組織有兒童合唱團，每年在寒假、中國農曆年兩週的一個週末，舉行一次全校師生、家長同樂會。在這會舉行兩個月之前，就要開始準備練習話劇、相聲、歌唱、舞蹈。我曾經參觀一次康郡學校的同樂會，那是一九八二年，校長是魯肇煌先生。(他是「寂寞的三十七歲」的作者,筆名史地夫。現任校長爲殷尙固先生。)

那次小朋友的表演精彩極了:有歌唱、舞蹈、講演、笑話,看到這些活潑可愛的小寶貝,由小學一年級到六年級,在美國學校受教育,平時和同學滿口英文,假如沒有中文學校教導他們,絕不會說得這麼標準流利,也許根本就不會說國語了。

這兩百多位家長,有的在學校擔任義務老師(只有很少的象徵性的汽油費),有的幫忙學校處理雜事,或照顧學生。其他沒有工作的,就順便到學校學太極拳或者打網球,或者坐下來,交換一下教兒女學中文的經驗,我曾聽到一位家長說:「起初我的三個孩子來這裏讀中文,誰也不願意,因爲平時我管教很嚴,不許他們多看電視,只有星期六是特准他們看的;而且美國的各電視臺,這一天,專放映有趣味的卡通片,孩子們犧牲了這個機會,就感覺很難過。起初,只有大的哭,後來老三老二也哭起來,連最小的老四也在流眼淚。現在好了,她們再也不怕念中文,也習慣寫中國字了。」

小朋友們,你們是幸福的,在自己的國家學中文,只有快樂,一點都不覺得難過、辛苦。你們仔細想想:假如讓你們現在去學英文、法文,你們一定覺得很困難。全世界在海外的僑胞,爲什麼都要會說中國話?寫中國字?念中國書?因爲我們是中國人,我們大中華民族,有五千多年的悠久歷史,有光輝燦爛的文化;我們的孔子、孟子提倡的忠孝、仁愛、信義、和平，是達到世界大同的理想。

現在有很多很多外國的哲學家、學者在研究中國的文化；更有很多外國的留學生，來我國讀碩士、博士，他們畢業了，都要回到自己的國家去教中文。我們自己是中國人，我在美國看到如此缺乏應用中文的環境裏，自己僑胞的小孩都很辛苦去學中文；國內的小朋友，當然更應該珍惜自己能在國內上學的幸福。

第三，你們看完林阿姨這本介紹二十一個國家小學生的生活以後，應該將你們在臺灣的學校生活做一個比較，把你們的感想和心得寫出來，寄給林阿姨介紹發表。

最後，我要鄭重介紹，這是一本對於小朋友有莫大益處幫助的書，希望林阿姨再繼續出版第二集，第三集……。

「牛車後面」及其作者

——向小朋友介紹一本好書

親愛的小朋友們，大家好。

久違了，我們有好幾年不在國語日報見面了，眞是非常想念你們。我在美國，並沒有忘記大家，這三年多來，交了不少在美國、在加拿大，在臺灣讀書的小朋友，他們有的寄畫給我看，有的提出關於讀書、寫信、寫文章的問題來問我，我很快地一一答覆他們。

今天我要向小朋友們介紹一本好書——「牛車後面」和作者。

這是紫痕先生的大作，由成文出版社發行，我一連看過三遍，越看越想看。這是一本有很大吸引力的書，裏面包括十七個有關農村孩子的生活故事。這些孩子都是忠實可愛的。第一篇「逃學後」，描寫陳志弘是一個家裏很貧窮的小學生，他經常穿著一件破衣服去上課，李老師很看不起他，認爲陳志弘丟了五年甲班的臉。

陳志弘內心很痛苦，他不敢把這件事告訴爸爸媽媽，他知道爸爸靠替人家做些雜工來維持一家生活，他那裏敢奢望穿新衣呢？

這天，他想逃學，躲在一堆稻草後面；突然發現李老師來了，他非常害怕。沒想到李老師今天的態度完全改變了，因爲她看了陳志弘的日記，明白了他家裏的景況，和志弘內心的痛苦。她向志弘說：「你的生活日記，寫得好極了。窮苦並不是可恥的事，我希望你堅強起來，同學們都在等著你，讓我們大家快樂地生活下去。來，跟我一道走吧。」

親愛的小朋友們，請不要嫌我嚕嗦，誰都會看這本書，用不著我詳細介紹；可是，小朋友，我是被這第一篇吸引讀下去的。我特別注意日記，也勸各位小朋友們，從小養成寫日記的好習慣，把心裏的快樂和痛苦寫出，做錯了事，自己要反省，以後不再犯錯。日記，不但可以練習把文章寫好，而且是一種保存一個人的生活經歷和國家大事的第一手資料。

接著看下去，每篇有一個正確的主題，作者的目的，寫出這些動人的故事，希望小朋友們，不但同情故事中的主角，自己的家庭環境，如果有和陳志弘一樣的，千萬別失望，別灰心，要堅強起來，努力用功，書讀好了，自然有出頭的一天。

作者紫痕先生，本身就是一個從苦學出來的老青年。他的家境並不富裕，又是受的日本教育，臺灣光復以後，他用勞心勞力賺來的錢，大量購置圖書，來充實精神食糧。過去在日本軍閥統治時代，不許讀中國書，他痛苦萬分。他是個最愛國的青年，他熱情、上進、吃苦、耐勞。有了四個兒女之後，和太太一塊兒更加辛勤地工作，靠著四隻手，兩顆心，夜以繼日地工作，居然把兒女們培育出來，都從大學畢業，大的兒子還在美國，拿到了碩士學位，現已回國任淡江大學的講師；他的三個妹妹，有當講師的，有任秘書的，也有負責專欄寫作的。我在他們讀小學二、三年級的時候，就認識他們，開始和他們通信做朋友，所以我願意向小朋友們介紹作者：紫痕就是蔡文見先生，也是聯合報的記者；常在國語日報及其他報刊投稿。給這本書畫揷畫的，是蔡先生的夫人余櫻桃女士。起初我只知道她會寫文章，被選爲南投的模範婦女，長於服裝設計，還別出心裁地做出各種精美、小巧可愛的手工藝品，博得大人、小孩的喜愛，我並不知道她還是個畫家，眞使我欽佩萬分！

親愛的小朋友們，我今天就寫到這裏，以後有時間，我還要報導一些小朋友們在美國讀中文的故事，給你們聽。

再見。祝福大家

進步，健康。

謝冰瑩上　七十一年八月四日夜於費城

未付郵的信

之一・不幸的昭昭

朋友：

今天又是個有霧的日子。早晨七點送走了妹妹和外甥去餐館，我做照例的散步運動。眞可怕，在百步之內，看不見對方人影，好在每輛經過汽車，前面都亮着兩盞紅燈；而且開得很慢很慢。我雖在行人道上走着，卻也提心吊膽地深怕碰着騎腳踏車的冒失鬼，這些像嬉皮型的青少年，騎車上下坡時，眞像在飛一般，可怕極了！

我一面慢慢地走着，一面想着昭昭的問題，她的前途，也像這時候日落區的山上濃霧一樣，那麼灰濛濛，那麼厚得化不開。唉！可憐的眼睛，要到什麼時候，你才能撥開雲霧重見天日呢？

朋友，我想你也會和我一樣掛念着昭昭，爲她不幸的遭遇而嘆息，那麼，我就繼續講這個故事吧。

昭昭與賀理他們住了將近一星期，孩子們都質問她：「媽，爸爸太不像話了，怎麼對你這麼冷淡，對王阿姨那麼親熱呢？你爲什麼不罵他？」

大女兒已經是初二的學生了，她的智慧開得早，又看了不少小說，她比兩個弟弟懂事得多，她爲母親抱不平，希望母親快點做決定，不是和爸爸離婚，就是趕快回臺北。

「哼！回臺北？我才不呢！來到美國，什麼也沒看見，除了汽車，就是洋房，吃的也沒有臺北的好，又沒有小朋友玩兒，我要久住些時候看看，美國究竟有什麼好？爲什麼每年有這麼多人來留學？」老二說。

「老三，你呢？喜不喜歡美國？」

昭昭問最小的兒子，他是小學五年級的學生，比哥哥低一班。

「那要看媽媽和爸爸好不好？假如不好，還不如回臺北，有外婆、舅舅、表弟，還有公公婆婆、叔叔嬸嬸、弟弟、妹妹一大堆人好好玩呵！」

這眞是使昭昭最感到煩惱、痛苦的問題，連做夢也沒有想到賀理的心變得這麼快，這麼狠，根據一個星期來的觀察，他可以犧牲老婆兒女而絕不能和王小姐分開。

——我李昭昭是那一輩子造下的罪孽，到現在來受這種不能告訴別人的侮辱和痛苦？我與賀理同樣受的大學教育，兩人又是國文系同班同學，不是他苦苦地追我，向我求婚，我怎麼會愛上他，和他結婚生孩子呢？

──在臺北時，我知道他因爲當新聞記者的關係，曾經去過酒家，也交過女朋友；但他對於我和孩子還是一樣好，一樣關心；要不然，怎麼會叫我們來美國呢？

昭昭心亂如痲，想到過去丈夫的好處，與現在這種冷冰冰的態度做一比較，實在太使她傷心了！

朋友，你想不到吧？有決心，有果斷精神的昭昭，她居然找到了房子，離開那個是非窩了。事前，她曾要求過賀理和她們母子一塊兒搬家，賀理沒有答應；昭昭實在看不慣他們兩男一女那種擁抱、親吻，早出晚歸的親暱態度，一分一秒也無法忍受下去，她得到一位好朋友的幫助，終於悄悄地遷居了。

「昭昭，你還蒙在鼓裏，你知道賀理已經提出來和你離婚嗎？」

這眞是靑天一聲霹靂，林小姐特地來，告訴昭昭這個令她傷心欲絕的消息。

「不可能，不可能的，賀理雖說變了心，他決不至於變到這種地步？我們結婚十多年了，從來沒有大吵過，既然要離婚，又何必替我們辦理探親護照呢？」

昭昭冷靜地回答林小姐。

「他是什麼時候開始替你辦手續的？」

「一年半以前，到最近才獲批准。」

「你知道一年多的變化有多麼大嗎？老實告訴你，賀理請了律師，離婚書已送到法院。這裏的法律，如果做妻子的在三個月之內，不提出反對，就認爲她默認了，那麼就宣判正式離婚，如今聽說距離三個月只有十幾天了，你還不立刻請律師幫你辦手續，就一切晚了！」

「林琳，我的好朋友，你說的都是眞話嗎？」

昭昭心裏充滿了氣憤和痛恨，含着淚問。

「當然是眞的，這種事怎麼可以開玩笑呢？」

林琳深深地嘆了一聲，她環顧這三個可愛的孩子，她的眼淚也快滾下來了。

於是林琳帶着昭昭去找律師，由律師打電話給賀理委託辦理離婚案件的律師，詢問有關賀理與李昭昭離婚的事，對方一口承認有這回事。

「完了！完了！我們的家從此給賀理毀了，我們的前途全部完了！」

昭昭自言自語地說，她的頭依靠在林琳的肩上，幾乎要暈倒了。

「昭昭，你不要感情衝動，這時候，你要特別冷靜才行。現在你把自己的意思說出來，我替你翻譯。」

「請你告訴他，我決不離婚！並且說明是賀理接我們母子來美國團聚的，他既然要離婚，爲什麼不早說？還有，他和那位酒吧女同居的事，也要告訴律師。」

「好，只要你堅持反對離婚，不簽字，那麼他一個人提出離婚，就不發生效力了。」

朋友，一直到目前爲止，昭昭的痛苦非但沒有解除，而且一天比一天加深。三個可憐的孩子，眼看着媽媽的臉色又瘦又黃又憔悴，白天吃不下飯，晚上失眠；兩個男孩究竟年紀小，白天上學，和小朋友玩累了，晚上呼呼地睡，什麼事也不知道；只有女孩特別敏感、懂事，她常常在深夜醒來，看見媽媽坐在椅子上發呆；或者在紙上沙沙地寫着什麼，她就爬起來陪着媽媽流淚。

「唉！你爸爸太沒有良心了，不愛我，和我離婚都沒有關係，他不想想，你們姊弟年紀太小，叫我怎樣放心？」

「媽，爸爸是不是和王阿姨結婚了？」

「不！美國也像我國一樣，禁止重婚的。」

「媽，什麼叫重婚？」

「一個人娶兩個太太。」

「既然沒有結婚，就讓爸爸回來好了。」

「他捨不得那女人，永遠不會回來了！」

「媽，我要爸爸，我捨不得爸爸呀！」

不知什麼時候，老二醒來聽到了母親和姊姊的談話，他傷心極了，竟不知不覺地大哭起來，把老三也哭醒了；於是母子四人相抱痛哭，這幕淒慘的悲劇，我雖沒有親眼看到，但聽了昭昭的敍述，我的眼淚也禁不住奪眶而出。

朋友，你們看到這裏，一定也會替昭昭感到萬分難過，她應該怎樣處理目前和以後的生活呢？目前，生活如何維持？離婚？孩子怎麼辦？她說：孩子是她的血肉，絕不給賀理，那麼她一個人要維持子女三人的生活費、教育費，如何受得了？何況初來美國，人地生疏，語言不方便（不是完全不通），沒有綠卡，找不到工作，難道就坐以待斃嗎？賀理每月雖有津貼；但房租、水電、飲食、交通，在在需錢；加之美國物價也常常上漲，長此下去，她們如何維持生活？至於將來，我眞不知道昭昭怎麼辦？

回臺北，是最好的打算；可是昭昭又覺得沒有臉見親戚朋友、同事、學生（她是一個中學校的好老師）；而且也太便宜了賀理，他正巴不得她們母子回國，自己好與吧女過着逍遙快樂的生活。

朋友，請你們設身處地替昭昭想一想，究竟應該怎麼辦好呢？祝

大家健康

冰瑩上

之二・不幸的昭昭

朋友：

又有一個多月不接你們的來信了。一些在國內的朋友，永遠不能體會到海外遊子的心情。我是個最愛寫信的人，來信必覆，已經成了我五十年來的習慣，一點沒有改變，也無法改變。儘管你們不來信，我還是照樣給你們寫；不過我不想寄給你們，把寫好的信，放在抽屜裏，將來我回到臺北，再給你們看，有些新聞也許是明日黃花；但我的信並非新聞報導，而是可供你們欣賞或者值得研究的問題。

下面就是一個留學生婚變的悲劇，我忠實地告訴你們，請你們對這個嚴重問題，發表一點高見，以救救這個可憐的昭昭。

事情的經過是這樣的：

昭昭帶着兩男一女，以探親的名義從臺北來到舊金山了，來接飛機的，是自己的丈夫賀理與一位打扮得像舞女一般的漂亮小姐。賀理給妻子介紹：「這是王小姐，一位曾經在病中照顧我的好朋友。」

「久仰，久仰，謝謝王小姐來接我們。」

昭昭無限感激地說。「妹妹、大寶、二寶，快叫王阿姨。」

「王阿姨好。」

「小朋友好，你們累不累？」

「不累，坐飛機好玩得很。」

二寶搶先回答。

車子在平坦光滑的馬路上開了半小時，便到了賀理住的地方。

「這位是同住的好朋友約翰，這是我的妻和孩子。」

賀理指着一位臉上長滿了絡腮鬍子，長髮披肩的白種男人說。

「嗨，你好嗎？我很高興見到你。」

昭昭生平第一次和洋人說話，她有點手足無措的樣子，只回答了一聲：「你好。」三個孩子望望洋人，又望望他們三年不見的爸爸和王小姐。

晚飯是在一家中國餐館吃的，又是王小姐開車。

「媽，王阿姨眞能幹，你看她的車開得多好。」

大妹悄悄地附在母親的耳邊說。

「爸爸，你會開車嗎？」老三問。

「我正在學，還沒有拿到執照。」

賀理回答。

吃完飯後，已經十點多了，昭昭心裡開始納悶，丈夫不會開車，那麼每次出門，一定是王小姐當司機。一個單身男人，和一個年輕女子，天天在一塊兒，又是在病中照應過他的，其中必定有些故事，怎麼賀理來信，從來沒有提及呢？

「媽，你怎麼還不趕快預備睡覺，我睏死了。」

大妹的眼皮都張不開了。

「好，這就準備睡。」昭昭回答女兒，又掉轉頭來問丈夫：

「理，王小姐和約翰也住在這裏嗎？」

「是的，我們都住在一起。」

賀理很平淡地回答。

——都住在一起。

這是賀理親口說的，也是昭昭親眼見的，難道她的耳朵有毛病嗎？她不相信有這麼回事。

「你們是同住在這座公寓，還是同住一間房？」

昭昭這一問，可把賀理惹煩了。

「不要嚕哩嚕囌，孩子累了，你們早點睡吧。」

說完，賀理走向王小姐的房間去了。

——「我的天，這是怎麼回事？」明明睡在自己身邊的丈夫，不知什麼時候不見了。難道他去和王小姐……嗎？方才我參觀過，這裏只有兩房一廳，我們母子住一間，還有一間，難道是三個人同住嗎？兩男一女同床，不可能，絕對不可能！

昭昭，打着赤腳，輕輕地走到客廳，黑漆漆地什麼都看不見，她有點害怕，心想：萬一有人睡在沙發上，看見她出來，還以爲是鬼呢！不！萬一我遇到他們……不！我不能去，還是轉來吧！

一直快到天亮了，昭昭雙眼沒閉，她的心裏，存着一個大大的？號，究竟王小姐是什麼樣的人？她和賀理是什麼關係？王小姐和約翰，又是什麼關係？難道他們是三角戀愛嗎？難道王小姐是約翰的太太，而賀理與她不過是朋友關係嗎？不，從他們的表情、動作，講話種種跡象上看來，賀理和王小姐，決不是普通友誼。唉！爲什麼賀理從來沒有告訴我，他有女朋友呢？早知如此，我又何必萬里迢迢由臺北來到這人地生疏的美國呢？

昭昭的心裏，先滿了迷惑、煩悶、痛苦、失望。

「賀理，你告訴我，究竟和王小姐是什麼關係？你們從什麼時候開始住在一起的？」

「王小姐是約翰的情婦，我們是朋友關係。你初來美國，一定看不慣，其實沒有什麼關係，過幾天我們找到了房子就搬家，這麼多人住在一塊兒是不方便的。」

「現在我不談方便不方便，我希望你老實告訴我，你和王小姐的感情，究竟到了什麼程度？」

「我們很好。去年冬天，我害了一場大病，幾乎死了，多虧王小姐每天來看護我，陪我去醫院治病，燉鷄湯給我喝，買水果，煮稀飯，幸而有她；要不然，我這條命早就沒有了。」

賀理很得意地說。

「這樣說來，王小姐是你的救命恩人，不但你要感激她，我們母子也要感激她，你想，我們要怎樣報答她才好呢？」

「媽，我們明天請王阿姨吃飯，還送她一雙繡花拖鞋吧。」

想不到大妹已經醒了，昭昭吃了一驚！

「小孩子，別多嘴，好好睡，不要吵醒了弟弟。」

立刻，昭昭和賀理躡手躡腳走進客廳，已經天亮了，淡淡的陽光，射在玻璃上，外面是高聳的洋樓，一層又一層，昭昭無心欣賞舊金山日出時的晨景，她要問個水落石出。

「一大早，你就嚕嗦，用不着你報答，只要大家相安無事就好了。」

「什麼？相安無事？你這是什麼意思？難道你和她已經有了超友誼的關係嗎？賀理，你說話不要隱瞞，我是直心腸，急性子的人，我心裏藏不住話，有什麼，說什麼，究竟你和她的感情到了什麼程度？快告訴我，不要隱瞞，更不要騙我！」

「是的，我不能騙你，反正遲早你會知道的；不過你要冷靜，千萬不要鬧，免得影響孩子。」

賀理指着臥室說。

「眞想不到你的心裏還有孩子，昨天看你對他們三個的冷淡情形，我就知道你的心變了！可是我想不到你變得這麼快，這麼厲害，現在，請你告訴我，究竟你們和王小姐是什麼關係？」

「你不是已經看出來了嗎？」

「你不是說她是約翰的情婦嗎？」

「不錯。」

「你愛了人家的情婦，你們是三角戀愛？」

「也可以這樣說。」

「我的天，你趕快去買飛機票，送我們母子回臺灣吧！」

「……」

朋友，今天的信，只能寫到這裏爲止，原因是我的血液突然沸騰起來，頭暈得很，下次再談。遙祝你們大家愉快！

冰瑩

給女兒的信

遙遠的祝福

親愛的女兒：

這時是一九六〇年十二月七日清晨四點十五分，我剛從一個凄凉的夢境醒來，膝蓋上隱隱作痛，臉上流滿了淚痕，我的心在跳個不住，很想再睡下去，讓夢一直發展下去；然而不可能，我的眼淚越流越多，無法抑制，只好披衣起來，爲你寫這封送別的信。

夢境清晰地擺在眼前：那是我上次在檳城登輪船的碼頭，許多人都在爲你送行，我因爲去買一個大洋娃娃送你，遲到了一步，船已經開了，我拚命地狂叫，嘴裏叫着你的小名，跑，跑，不顧性命地跑……突然，我的腳碰到一塊石頭，我摔倒了……

這是我生平第一次做這樣的夢，我太傷心，眼看着我的愛兒被無情的輪船載走了，你站在船邊向我揮手的影子，消失在雲海一色的天邊。

究竟這是夢境還是現實呢？我知道這是夢，也是現實。

自從上月接你爸爸和你的來信後，我便痛苦到現在，爲什麼？我太矛盾了：一方面捨不得你離開我遠去；另一方面又覺得這是千載難逢的機會，爲什麼要放過呢？Alverno College的榮譽獎學金，不是容易得到的，要不是你彈琴的錄音帶寄去，那位音樂系主任也不會在一星期之內開會批准你入學的。我好幾次想打電報阻止你去，讓你回來讀完大學再出國深造；但是又怕失掉了這個好機會，於是我痛苦，我矛盾，我夜夜失眠，不思飲食，人越來越消瘦憔悴了！這些我都不敢告訴你們，因爲我怕你說：「媽在發神經，媽的感情太脆弱了。」

有一天晚上，我把心中的痛苦，向你的張明阿姨傾訴，她安慰我：

「十七歲的孩子不算小了，你不應該老是把她當做小孩子看待，你想想看，我們不都是從十多歲就離開家出來闖嗎？你不必難過，應該多寫信鼓勵她的。」

這時我又熱淚盈眶了，她繼續著說：「難過的時候，不要老是流淚，你把想念她的心情發洩在紙上好了，讓我來替你發表。」

孩子，你想想看，我的朋友是這麼愛護你，體貼我，怎不教我們感激呢？

由夢中哭醒之後，我呆呆地坐在書桌旁邊，希望方才的經過，只是一個夢而已；可是放在我桌上的函電，還有文文的信都告訴我，你是眞的要去美國了，十五號就由檳城開，在紐約上岸……這一切一切，難道不是眞的現實嗎？

親愛的孩子，你自從出生到現在，從來沒有離開過我，這次我們在檳城分別，我不知流過多少眼淚；記得我生日那天晚上，朋友們都散了，你大哥在軍中服務，沒有回來，你二哥看電影去了，我把剩下的大半瓶酒一飲而盡，在感到飄飄然的醉意中，我去十五路車站候你，汽車一輛一輛地過去，並沒有看到一個穿黑絨外套，背著一個大書包的女孩子下車，於是我只好拖著蹣跚的腳步，失望地回到家裏，在日記上寫下我的心聲。

我知道你是好孩子，你會腳踏實地，敦品力學的，我很放心，所以許多勉勵的話都免說了；你只要記得蕭邦一則故事就好了，當他離開自己的國家到異域去的時候，他帶著一包土，以示不忘祖國，如今我不能寄一包土給你；但願你常常想到祖國，學成之後，早日歸來，當你有一天在中山堂舉行鋼琴演奏的時候，我含著淚坐在臺下靜聽，那時的快樂和安慰，一定遠超過我的想像；那時流的眼淚，是喜悅的淚、甜美的淚，不像現在，這樣傷感、這樣痛苦……

親愛的孩子，我還要告訴你幾件事情：

一、你的桂英姊姊，從香港帶來的英國娃娃，樂伯伯從日本帶來的黑姑娘，李先生從韓國帶來的朝鮮新娘，我都代你好好地保存著，等你回來玩賞。

二、你在小學時代寫的日記和作文，我想替你發表，給你做一個留學的紀念。

三、我曾經說過，如果有一天你能去美國深造，我要爲你拚命寫文章，多出幾本書，把所有的稿費、版稅供給你求學，現在我在開始實踐我的諾言：「馬來亞遊記」已於昨日付印，本月底前可以出版；第二本中篇小說集也在整理中，許多朋友都在熱忱地幫我忙，沒有錢，她們都願意無條件地借給我。瑞妙法師聽說我要自費出書，從菲律賓寄款來；李奉魁也把賣畫的錢送來，你想，這些珍貴的友情，怎不教我感動呢？

蓉兒，安心去吧，聽說威斯康辛是很冷的，三年多來，你在熱帶住慣了，一定經不起嚴寒的侵襲，你要多穿衣服，注意營養，海風淒厲，不可常在甲板上吹風，寧可坐在客廳裏多給我寫幾封信；天天要寫日記，多看幾本有價値的書，例如音樂家、作家、科學家的傳記，世界名著等等。船上有鋼琴，你要像在家裏一樣，每天練習兩小時；小提琴也帶去，不要忘記學。我知道你是很虛心的，一定會學得好，你絕對不會驕傲；你好強，自尊心很重，所以我從小沒有罵過你，更沒有動手打過你，你爸爸常說我太寵愛你了，如今當他送別你的時候，恐怕也會情不自禁地流下淚來吧？

孩子，珍重再見！媽的眼淚又滾滾而下，希望你不要再說：「媽在發神經，媽的感情太脆弱了！」要知道這是至情的流露，這是聖潔的慈母淚呵！每天媽在等候你的來信，時時刻刻，媽在祈禱你的平安。親愛的孩子，祝福你一帆風順，早日學成歸來！

愛你的母親寫於四九年十二月七日清晨

夢裏的微笑

親愛的女兒：昨夜我又夢見你了，已經記不清這是多少次了，假若把三年多來的日記一天天重讀一遍，我想一定可把次數統計出來的。

你還是在北師附小的樣子，躺在我的懷抱裏，你把我的肚子當做鋼琴在不停地彈著，彈著，不久就睡著了。我輕輕地爬起來，穿好衣服，扭開了檯燈，然後去厨房倒了一杯熱開水，我開始拿出稿紙來寫文章；忽然聽到你在發夢囈：

「媽：我有鋼琴了，眞好！眞是一架好鋼琴！」

我立刻放下筆，轉身去看熟睡的你，只見你臉上浮著甜美的微笑，那微笑，只有母親才體會出它的美麗，她的可愛，和它那攝人心魂的魅力！這微笑，可以使一切的痛苦消滅；可以使絕望的人，重新燃起生命之火；可以使年老的人變得年輕；可以使貧窮的人忘記錢財；使饑寒的人，得到溫飽……總之一句話：它可以安慰你，鼓勵你，使你得到一切快樂，一切滿足……

正在我低頭向你輕吻時，你忽然醒了，大聲地叫了一句「媽呀！」我驚醒了！我被你那聲親熱而清脆得像音樂一般的聲音驚醒了！隨即我滾出了兩行淚，我伸手摸摸我的左邊，並沒有你，我失望了！唉！女兒，爲什麼你不在我的身邊呢？我失眠了！每次都有這樣的經驗，只要夢見你，我醒來之後，就不能再睡。我顧不得什麼血壓不血壓，披上棉襖，爲你寫這封不直接寄給你的信。

「不直接寄給你」，自然，你明白這句話的意思。記得那封「遙遠的祝福」，也是先發表出來，然後由你的小朋友廸芬剪下來寄給你，你看過之後哭了。因爲你曾經不願意我在文章裏面提到你，所以兩年多來，我都把感情拚命壓制著，只在日記上發洩；今夜實在我忍受不住了，讓我痛快地寫幾句給你吧。

前幾天收到貝絲來信，說你長大了，又漂亮，又懂事！你做了中國留學生會的副會長，還在他們家裏開會；也曾在電視臺表演彈琴，經常替人家伴奏……這一切，都是令我們興奮的消息。朋友見到我時，總是先問起你，他們有的是你的阿姨，有的是伯伯叔叔，他們曾看著你長大，看見你背著大書包擠公共汽車；看見你坐在那裏低著頭彈琴的姿式，都說想不到你長得比外國孩子還高了，在他們的腦子裏，你還是紮兩條短辮子的小姑娘呵！

親愛的女兒：今天收到你十一月廿四日來信，對於甘迺廸總統的死，你表示無限的哀悼，並且說：「甘迺廸之死，青年學生特別受到打擊：因爲我們讀歷史，讀到林肯被槍殺時，都看做是歷史，對我們沒有多大影響；可是這件事是在我們面前發生的，不容我們不相信……唉！世界上的好人太少了；否則，這個世界也不會這麼亂了。」

孩子，對於你說的「世界上的好人太少了！」這句話，我不同意。你仔細想一想，甘迺廸總統是被一個壞人殺死的，當然他代表一部份壞人；可是世界上不知有多少萬萬人爲甘迺廸傷心，爲他哀悼，你想想：是好人多呢？還是壞人多呢？

你又告訴我，貝絲一家人待你太好了，不但把你當做自己親生的女兒一般看待；而且你還留那位來自巴西的同學住了一星期，這樣的好人，實在太難得了；不過你不要太孩子氣，究竟貝絲不是我，有些事情，也許礙於面子，她不好意思拒絕你；你要善觀氣色，也要了解對方的心理，要以己之心，度人之心；假若不是最知己的朋友，不要隨便帶她回家來增加貝絲的麻煩。我知道，這是一句多餘的話，你一定得到貝絲的許可，才這麼做的；但我不能不告訴你，因爲你在貝絲那裏是做客，並非你自己的家。

有一件事，使我最高興的是：你三年多來，每週有一封家信，報告你的生活近況；只是美中不足，你的字跡太潦草了，你爸爸常常說我，因爲我的字太草，太難看，所以你們兄妹都受我的影響。我不否認，的確是我的字害了你們，記得我曾好幾次批評你們的字像鬼畫符，你們就回答我：「媽，看看你的字吧。」

孩子，你知道爲了這句話，我是多麼傷心嗎？我一輩子恨死了自己的這一筆奇醜的字，現在到了老年，想要把字練好，也不可能了！你外祖父曾經把我寫給他的信退還給我，要我重抄。有一次，我也很想把你的信寄還給你，因爲有好幾個字不認識，有時有英文，也有注音符號，我還要去查字典才知道。孩子，希望你以後要多抽出些時間來看中文雜誌，寫中文信。我國的文字，是世界上最優美的，你要牢牢地記住，並且有機會就傳播給國際友人，使我國悠久的文化，得到廣大人士的認識。

親愛的孩子：謝謝你給我的生日禮物——一個大大的米黃色皮包，你知道我喜歡旅行，所以送我一個這麼好的用具，一共有五個袋子，兩條拉練，我已經用過一次了，可以放很多東西；我生怕弄髒它，又用你寄來的又細又軟的紙包著，到我家來的朋友，我都要拿出來「獻寶」。孩子，如果你在家，又要說我「太嚕嗦」了。

今年臺北的氣候特別暖和，這幾天比較冷一點。你說威斯康辛已經下過一次雪，可能現在很冷了，千萬不要受凉呵，媽媽不在身邊，你要自己多加衣服；出門時，千萬少走路，多乘車。要注意營養，不要太累，第一，把身體養壯；第二，把功課唸好；寒暑假，不要「打工」太多，我們願意多賣點氣力、腦力，賺錢來供給你，完成你的學業，絕不忍心看你去打工而耽誤了功課。

孩子，媽媽要對你說的話，是永遠說不完的，留待下次再談吧。

祝福你像冬天的青松那麼翠綠，那麼挺拔！

媽媽寫於五一年十一月廿八日深夜

又夢見你

親愛的孩子！昨晚媽又夢見你了！

自從你來信，不讓我以你爲題材寫文章之後，我把很多很多想說的話，想發洩的感情，都埋藏在內心深處，寫在日記裏；有時，我的心裏充滿了煩惱、憤慨，我不想去找朋友傾訴，害怕耽誤了她們寶貴的時間；我把自己關在那間小房子裏閉門枯坐，有時對著你的相片癡望，有時喝一兩杯酒，立刻又引起了牙痛，只好趕快吞下散利痛；有時我在斗室中徘徊，一直要走得腿子酸軟了，才坐下來休息。你可以想像到，我坐下來不是寫字，便是看書。近來眼睛越來越老了，看四號字都要戴眼鏡，眞不是好現象，除了少寫信，少寫文章之外，我一時還找不出其他適當的補救辦法來。

你一定很想知道我何以近來變得特別煩惱、痛苦的原因，現在我簡單地告訴你：

自從過陰曆年開始，我左邊的上下六顆牙齒，便痛得不能忍受，起初我以爲痛一兩天就會好的，所以不理會它，及至痛得我行坐不安，夜裏不能睡覺，喝下一口溫開水，也彷彿在用鑽子鑽著一般痛，我才在十一點鐘的時候去找大夫，他從床上爬起來爲我檢查，原來是牙被蟲蛀了，神經腐爛，要抽出神經後才能補洞。他用鑽子在壞牙上鑽洞，那種又痛又痳的感覺，眞是無法形容，當夜，他給了我幾片止痛藥，吃下之後，果然痛苦減輕了。

以後每隔一天去抽神經，上藥，回來還是一樣地痛，孩子，我記得你小的時候，曾經因爲吃糖太多，請林大夫替你拔去兩顆牙，你坐在三輪車上，皺著眉對我說：

「媽，我要跳車自殺，我死也不拔牙！」

我生怕你眞的有那種愚蠢的舉動，連忙緊緊地抱著你，我答應你拔完牙，立刻去買熱狗和蘋果給你吃，你的小臉上又泛出了甜甜的微笑；可是一坐上椅子，你又誓死抵抗了；還記得林太太捉住你的兩條小腿，我兩手按住你的頭那緊張的一幕嗎？至今尙歷歷在目；其實痳醉針注射之後，你絲毫痛覺都沒有，就把牙齒拔下了。如今我也要拔牙了；可是每個大夫都反對，他們說還是自己的牙齒好，除非萬不得已，總以不裝假牙爲妙，我聽從他們的話，一直到今天還沒有好，俗語說：「牙痛不是病，痛起來眞要命」；又說：「牙痛不是病，痛死無人問。」非有牙痛經驗的人，是不了解這種痛入骨髓、萬念俱灰的滋味的，有時我痛得不能忍受時，眞想吞下大量的安眠藥……我不敢寫出下面的字來，因爲怕你罵我，這是兩個多麼可怕的字呵！

第二件使我苦惱的事：我寄往馬來亞去的「馬來亞遊記」，當地政府居然不許發行。我那本書上，並沒有一句對於他們不利的地方，何以會發生這件事情，眞令人不解。孩子，寫了這麼多令你看了不愉快的消息，還沒有說到夢呢。

在一處風景幽美的山坡上，開滿了粉紅的、潔白的、紫色的杜鵑花，和大紅的、淺黃的茶花，旁邊有一條曲折的小溪流，流水中夾著幾片花瓣，正順流而下，你伸手去撈花瓣，腳一滑，便掉下水了！我連忙一把將你拖起來，還好，腹部以上都沒有濕；可是我已吃驚不小，我趕快抱你在懷裏，你說：「媽，我會游泳，用不著你大驚小怪，我們來比賽爬山吧，一跑，我的衣服就會乾了。」

於是我們兩人開始爬山，這些山坡又陡又滑，我爬上去又滾下來，衣服弄髒了還不算，鞋子一連掉過好幾次，我累得喘不過氣來，你站在高崗上格格地大笑，一面還鼓掌說：「媽媽輸了！媽媽輸了！一定請我吃兩個榴槤，一碗沙河粉。」我不服氣，拚命掙扎，又跑了一段，沒想到一條蛇疾馳而過，我立刻摔倒了。醒來，滿額是汗，四肢癱軟無力，開了電燈，看看手錶，正是六點，我懶得起來，先躺著休息，回憶夢境，還歷歷在目。

孩子，這信寫了好幾個星期，放在抽屜裏，一直沒有把它完成，這次來靜修院整理稿子，沒想到又發現了它，索性寫完再寄給你。

此刻是五十二年八月廿三日的下午三點，我剛睡好午覺醒來，隔壁有兩個女學生在和幾個孩子吃冰水，聽到她們那種嘻嘻哈哈的甜美笑聲，使我特別想念你！記得六年前，我帶你來靜修院住的時候，你正和她們兩個一般的年齡，一般的高矮，你寸步不離地跟隨在我的身邊，我寫文章，你就躺在床上看小說。吃飯的時候，玄光法師的母親，老是喜歡爲你夾菜，她這次又問我：「小妹妹怎麼沒有來？」我告訴她你去美國了，她們都不相信：「這麼小，怎麼能去美國呢？」我知道，在她們的腦子裏，你還是個孩子，正如我把你二哥還當著孩子一樣。你討厭我嚕嗦，不喜歡我說話，這是做母親的悲哀！正像一隻母燕一般，辛辛苦苦地含泥砌窩，孵出乳燕來，又一口一口地含著小蟲子餵大牠們，等到雙翅長成之後，牠就振翅高飛，再也不顧母親的寂寞了！

孩子，你來信一再要我理智，不要老是想著你，這怎麼可能呢？昨天你初中時代的三位同學來看我，我幾乎不認識她們了！亭亭玉立，都是大學生，怪不得她們看了你的相片也說：「不認識了！」時光是可怕的、無情的，也是可愛的，我相信再過三年，你回到臺灣，所有的同學，都在大學畢了業，都有成就了！

「我了解賺錢的辛苦，下次不希望媽再寄東西來，不論吃的、穿的，我都不要！」

孩子，你這幾句話是多麼體貼，又是多麼使我傷心呵！你說：「媽如果經濟困難，就給我來信！」我知道你暑假打工賺了點錢，我又怎麼忍心要你寄給我用呢？你說過「錢是要用勞力或者勞心才能得到的。」想不到小小年紀的你，這麼了解人世的艱辛。記得在馬來亞時，我們每天給你的零用錢，你一毛也不花，寧可餓著肚子把它放在撲滿裏，每隔半月、一月，就向我兌換一次，你爸爸沒有錢買煙了，他向你借十塊，你諷刺我們說：「也不知你們的錢怎麼花的？向女兒借錢，不怕難爲情！」這幾句話，至今我還牢牢地記得。

親愛的孩子，我感謝你的關懷，我要好好愛護身體，期待你學成歸來；我更要聽你的話節勞加餐，除了在師大外，再不兼課了。

希望今晚又夢見你，如今只有到夢中尋求安慰了！

媽媽　五二、八、二十三

爐邊寄語

蓉兒：又有十一天不接你的來信了，你想我是多麼難過！盼信的滋味，你是嘗過的，記得在馬來亞三年多，你沒有一天不在大門口等信，只要一看見郵差來了，便狂奔過去，不論是你爸爸或是我的信，你都要拆開先覩爲快；遇到沒有信的那天，你便垂頭喪氣地說：「完了！今天又沒有希望了！」

「明天一定有信！」我安慰你。

是的，我們都把希望寄託在明天，我如今仍然如此，每天望你來信，晚上十一點了，我還要去看一看空洞的信箱。蓉兒，我明明知道現在正是你忙於考試的時候，不應該叫你寫信給我；然而這是理智的話，情感滿不是那麼回事，她偏要想你，偏要難過，偏要痛苦，我有什麼力量來控制她，阻止她呢？

你爸爸來信，老是勸我不要婆婆媽媽，他說：「孩子有她的前途，好容易她能獨立了，自己去創造世界，你只有鼓勵她，增加她的勇氣，不應該老用感情的鎖鍊去束縛她，使她不能安心向學。」

眞的，說實在話，我是太自私了！我不希望孩子長大，更不希望他們獨立，我希望他們永遠在我的身邊，過年過節，我爲他們準備吃的穿的，我心裏時時有他們的影子，他們心裏也天天想著媽媽。

可是現在，他們三個都長大了，都遠走高飛了！每天日夜只剩下孤零零的我，守在這所四面通風的陋室裏，徘徊嘆息……

蓉兒，我不該再向你發牢騷，我要和你談談家常：

你來信問我那一天過陰曆年？可見你並沒有忘記這重要的日子。告訴你，二月四日是除夕，又是星期天，我希望那天晚上，有華僑請你去過年；或者你準備幾樣菜，請貝絲她們一家人吃飯；告訴她，這是我們中國人五千多年前的年，一直傳到今天，我們沒有忘記；而且永遠不會忘記！我們都是黃帝的子孫，我們絕不會數典忘祖！蓉兒，還記得嗎？你在太平曾經有一次對我說：「眞是奇怪，只要是中國人，不管在海外住了幾十、幾百年，他們都記得過端午、過中秋、過農曆年，將來過了若干年以後，會不會忘記呢？」

「絕對不會忘記的！」我回答你：「因爲我們都是由很小的時候，記得這熱鬧而有民族意義的年，長大了，自然更不會忘記；就拿你來做個例子，在你的記憶裏，是不是覺得一年之中，過年給你的印像特別深，特別快樂，你長大了會忘記嗎？」「永遠不會！」你斬釘截鐵地回答我。

現在事實證明了，你雖然在萬分忙碌之中，並沒有忘記我們的年，我是多麼高興！貝絲來信說：「莉莉眞能幹，在中國之夜，她擔任招待和全部歌唱節目的伴奏；還有她們四位中國女生做菜歡宴我們，一共到了一百多人。」

看到這裏，我嚇了一跳，你們四個人做菜招待一百多人，那來的本事？蓉兒，你們眞能幹，從你寄來那張登在報紙上的相片，可以看出你教同學們用筷子吃中國菜時的快樂表情，你說十四號要開演奏會，我在那天寫了一封長信去祝賀你，希望你寄錄音帶回來，使我們也好放出來聽聽；我想，你的琴一定彈得大有進步了！

蓉兒，你說威斯康辛很冷，此時已大雪紛飛，你知道我是多麼羨慕你，你能看到美麗的雪景，就會聯想到北平。你和你二哥在北海溜冰的相片，我如今每天要看一遍：你那副瞇著眼睛，露出潔白上牙的笑容太可愛了！你的右腳故意歪向裏邊，棉鞋上面沾了許多雪，你二哥像一個蒙古小孩，站在你的右邊保護你。這張相片，曾在臺灣的小學生刊物上做過封面，你的單相，也被你爸爸題爲封面女郎。蓉兒，你和我一樣愛雪，也和我一樣永遠不會忘記在北平賞雪的情景。

自從去年陽曆年底到現在，臺灣的氣候特別寒冷，室內溫度，曾到過攝氏八度，我已經燒了火爐，穿上毛襪棉鞋和棉襖。

剛寫到這裏，收到你一月二十日的信，我太高興了！你說這幾天那裏整天下大雪，要穿長統皮靴才能走路；否則，腳被埋在雪裏了，你問廸芬她們要不要雪？你和同學們願意免費贈送。孩子，你還是那麼頑皮。你要我趕快去馬來亞「避寒」，不要在臺北凍壞了。謝謝你的好意，我這幾天正在回憶寒冷的滋味，越冷，便越使我想念大陸，使我想念那種圍爐團聚的快樂。我不但不去馬來亞；而且寫了好幾封信去催你爸爸回來過年。蓉兒，你不要我為你寄壓歲錢來，要我買衣服禦寒，你的孝心我非常感激；你要你爸爸將寄你的款移贈給我修理房子，我也照辦了，蓉兒，你這麼體貼我、孝順我，使我更加想念你！愛你！

蓉兒，歲暮寫此信，祝你新春快樂，進步；也祝福我們很快能在大陸上過年！

五三、一、二十八

你得了冠軍

親愛的蓉兒：

你一定想像不出當我在中央日報和聯合報上看到你鋼琴比賽得了第一名，是怎樣地高興！孩子，你的努力有了代價，你沒有白費精力，「一分耕耘，一分收穫」，如今我更相信這兩句格言的可靠性了。

我的腦子裏，馬上湧現出你練琴的幾個鏡頭：

那是在北師附小樓上的音樂教室裏，我抱你坐上了凳子，你開始練琴，我坐在你的旁邊看書，電燈那麼高又那麼黯淡，我的眼睛很吃力，也擔心你看不清琴譜；但你是不在乎的，再黑，也能認出琴譜。

大約彈了有一小時，你突然停止了：

「媽！我怕！我怕！他……他……」

你抱住我不放。

「孩子，怕什麼？他是誰？」

「他，他要下來了，我怕，媽，趕快回去吧！」

你越來越害怕了，我順着你的手指望去，原來那是貝多芬的畫像。

「傻孩子，那是大音樂家貝多芬的畫像，他怎麼會下來呢？」

你不肯睜開眼睛，我只好抱着你下樓，偏偏樓梯口沒有電燈，我關了教室的燈，就是一片漆黑。

「媽，我怕鬼！」

你用兩手緊緊地抱着我的脖子，幾乎使我不能呼吸，我差一點從樓上滾下來。以後我帶了手電筒來，你就不害怕了，可見光明在晚上，是多麼重要啊！

這是你從吳老師初學鋼琴的情景，那時你還不滿六歲呢。

第二年，你跟崇些淑老師學琴了，你是那麼愛上了那些黑白鍵盤，你每次學完了琴，就不忍離開，仍然坐在那裏叮叮噹噹地彈；有一次，你整整地彈了四小時沒有動，我來叫你吃午飯，你根本聽不見，後來還是周老師催你幾次才回來。

爲了想要一架鋼琴，你從來不敢直說，只把你每次做的鋼琴夢告訴我，使我不能不賣掉五部稿子，爲你買了一架新鋼琴。在這三四年中，你一下課就練琴，直到我們去馬來亞時，不得已讓它換了主人，你那次的傷心痛哭，我永遠不會忘記。

親愛的女兒：你是最愛聽故事的，讓我再講一個你學琴的故事吧。

每個星期六，你父親開車送你去檳城學琴（後來你自已也學會開車了），同時還在太平的王太太那裏學，檳城那位老師特別嚴格，手的姿勢一點不對，或者表情不夠就要重彈。我在一旁爲你捏一把汗，我眞不懂你那兒來的那份虛心和耐心，還加上決心、恆心。我暗暗地高興，我相信你這樣專心苦練下去，將來一定會成功的。

我因爲師大催我返校，我先回臺北了。

「媽：我要到美國去學琴了，你聽了不要難過，三四年之後，我會回來的，現在請你趕快爲我辦手續吧，親愛的媽媽！」

我接到你這封信時，還在半信半疑，等到你父親的電報來了，我這才如大夢初醒，你眞的要出國了！

一個十七歲的女孩，一個人單槍匹馬去闖天下，太使我不放心了！特別令我難過的是：我已回到臺北，不能親自爲你準備行裝；不能送你上船；不能和你吻別……想到這些，我流淚了；而且一連幾晚整夜失眠。我去信阻止你赴美，也不打算替你辦手續；但你父親第二個電報又來催了，沒法，我只好含着眼淚爲你去辦護照……

孩子，在這一段日子裏，我內心的矛盾和痛苦，是不能以言語文字形容的。我有時也爲你高興，那邊學校僅僅憑你的錄音帶申請，就許可你入校深造，你實在太幸運了，何況還有一項榮譽獎學金給你呢。

——一個晚上要一手抱着媽媽，一手抱着洋娃娃睡覺的女孩，怎麼可以一個人飄洋過海，跑遍半個地球呢？不能！不能！太可怕了，我不放心。

這麼一想，我更不贊成你走了！

「……蓉兒走了，同船的有兩位美國老太太，我已拜託她們照應她。船開之前，她很安靜，好像一點也不難過的樣子，還和我們玩着撲克，等到船要開了，她這才緊張起來，覺悟到自己已踏上寂寞的旅途，她才開始哭了……」

這是你父親送你走後的第一封信，我無法再讀下去，眼淚早已模糊一片，我除了向菩薩祈禱，保佑你平安抵達外，便是翹首盼望你的來信。

「到了埃及了，我是多麼想去看看金字塔的雄姿和木乃伊的眞面目；可是失望得很！因爲埃及和我國沒有邦交，不許我上岸，眼看着同船的都一個個歡天喜地上岸了；加之又是陽曆年的除夕，除了留一兩人看守船外，客人就只剩下我一人了，媽！這一天一夜的時間，比兩個世紀還長！我躲在房間裏，不敢出門一步，我把門從裏面鎖着，他們叫我出來吃飯，我答應『不餓，吃過了，謝謝。』不要說我那時房裡有餅乾，有冷開水；即使沒有，我也願意挨餓不出去吃飯。

「媽，你不要爲我難過，我已經長大，我獨立了！你不是很小的時候，就離開家嗎？我要學你的勇敢；爸爸也常說：『置之死地而後生。』我懂得這句話的意思。媽，我見過不知多少美麗的風景；可惜描寫不出來……」

孩子，你眞的獨立了！你一個人在船上過了一天一夜，這二十幾小時的生活，一定是戰戰兢兢，度日如年，你應付的方法是對的，只有把自己鎖在房間裏，才是最安全最妥當的方法。

經過一個多月的海上旅程，你已經平安抵達威斯康辛了，貝絲她們一家人到紐約來迎接你，住在她們那舒適而溫暖的家，一點也不感到陌生。三年多的馬來亞生活，使你知道如何應付國外生活，貝絲還爲你買了一架那麼好的新鋼琴，當我們去信詢問琴價時，她回信說：「莉莉的琴聲，會使我們得到無限的快樂和安慰，我們不需要你們還錢，只要她每天彈給我們聽，不收門票就好了。」

親愛的女兒，世間有幾個像畢爾、貝絲、老祖母一樣的好人？她們把一個異國的少女，當做自己的女兒一般看待，雖說他是你父親在美認識的朋友；但究竟是朋友啊，不會像自家人一樣那麼親切、關懷；而貝絲他們一家，實在太仁慈太偉大了；你每次舉行演奏會，她都要親自帶了花籃去參加。每年你的用費，她都有很詳細的帳目報告我們，最有趣的是她的來信，每一封都是寫得那麼詳細，那麼長，當我詢問你有沒有男朋友時，她回答我：

「莉莉是可愛的，又活潑、又沉靜、又聰明，長得那麼漂亮，鋼琴又彈得那麼好，自然有男孩子追求她；但她老是在電話中答覆對方：『非常抱歉！我要練琴，沒有功夫出去。』」

親愛的蓉兒，你眞是個好孩子，我每次去信關懷你的終身大事；而你總說：「學業還沒有完成，我不想交男朋友。」你的志向是可佩的，這次蕭邦鋼琴比賽，你能夠獲得第一名，爲父母、爲祖國爭光，我想沒有男朋友，也是因素之一。

「媽，我這次參加鋼琴比賽，絲毫沒有把握，那些參加的人，有大學助敎、講師，也有彈了二十多年的，我怎敢和他們去競爭呢？但老師一定鼓勵我參加，當我上臺表演的時候，我的心卜通卜通地跳個不住，幾乎全身要抖索起來，好容易把幾個曲子彈完了，我坐在下面靜靜地欣賞別人的演奏，我覺得自己絕對沒有希望；但我想起『失敗爲成功之母』的古訓，我並不灰心……

「聽到宣佈結果了，我眞願自己突然變成聾子；出乎意外地叫到我的名字，我想一定是同名的，根本沒有理會，直到有人下來和我握手，向我道賀，我還在懷疑；也許他們弄錯了人？媽，說眞話，我現在還彷彿在做夢一樣，我怎麼會得第一名呢？我不相信……」

孩子，看到這裡，我的眼淚滾下來了，這是喜悅的淚、高興的淚；這是你虛心學習、努力勤練的結果，你辛苦了十五年，沒有白費你的精力！我爲你高興，也爲自己有你這麼一個好女兒而自慰。

主編「婦友」的王文漪女士，和主編「自由青年」的呂天行先生，曾經不止一次地要我把你從小學琴的經過，寫篇文章給他們；或者供給他們材料由他們來寫；但是我怕你父親不高興，始終沒有答應；就是這封信，我也不敢發表，只好把它壓在我的舊文稿下面，我希望有天會讓你看到，會讓青年朋友們看到，因爲你究竟是個可愛的孩子，你的阿姨和伯伯叔叔們見了我，一定要問起你，對於你每週有一封家書寄回，數年來從未間斷這種精神，也是令人欽佩的。（有時信在郵局躭誤了，我一收就是兩封。）

「媽，我太想臺灣了，常常做夢回家……」

孩子，你沒有忘本；我相信你永遠不會忘本的。我希望你學成之後，早日歸來與我們團聚，那時候，我們的別後離情，可以到日月潭上去盡量傾訴。

替我謝謝貝絲她們一家人，沒有她們的愛和細心照顧，你也不會有今天。

祝福你，可愛的孩子！

媽媽寫於五十三年五月二十六日

給臺灣的朋友們

憑君傳語報平安

親愛的朋友：

謝謝你六月八日的來信，婦友和稿紙也同時收到了！我馬上給你回信，就用你送我的稿紙寫，代替我給許多朋友的信；只是有一點，我必得聲明的，這是小格稿紙，很薄很好寫，最適宜航空郵寄；但我的眼睛不能寫小字，多半是出了格的，也許在計算字數上有困難，好友，原諒我吧，原諒我是個眼睛曾經施過四次手術的人。

和朋友們分別快兩年了，沒有一天不想回臺灣，也不知作過多少個還鄉夢。本月八號，我的二媳婦帶着孫兒孫女回臺北省親，我本來要和她同行的，因外子傷風，發高燒，一個星期還沒有好，我只好改變計劃。師大的同事和學生給我來信說第一宿舍就要拆了，改建五層大廈，許多家開始遷移，他們勸我索性等新房子蓋好了再回去久住；我想等不到那個時候了，朋友，我隨時都在準備回來，你希望我七月能參加編輯會議，也許不可能吧？

今天，我太高興了，一次收到十封信，都是來自臺灣，還有中央月刊、慧炬、婦友、暢流、聯合報、光華畫報，和柴先生寄來的我國慶祝美國開國兩百週年的首日封與紀念郵票。這麼多信和雜誌，夠我忙一兩個星期了。

近年由四方八面來的朋友很多，幾乎每週有遠客來訪，因爲舊金山是美國的大門，也像檀香山一樣，凡搭乘中華飛機的，洛杉磯、舊金山這三處是必經之路；何況這裏又是中國人最早落腳之地，氣候好、風景美，中國城又特別大，百貨齊全，那條熱鬧的都板街，簡直像西門町一樣，觀光客摩肩接踵，擠得水洩不通。從世界各地來的遊客，對於臺灣出口的各種大理石、臺灣玉、珊瑚雕成的裝飾品，特別是毛衣、手提袋大受歡迎。

寫到這裏，眼睛開始痛，開始流淚了，於是我趕快放下筆休息，閉目養神。這時我隨手在盤子裏拿一顆櫻桃放在嘴裏，又脆、又鮮、又甜，是今天早晨一位韓國的李太太送我的。她告訴我，這一個星期，住在女兒家裏，和她們一同下鄉摘櫻桃，因爲新鮮又沒有壞的，所以特地送來給我吃。

這是一種黑紫色的櫻桃，較普通的要大三分之一，有的要大一半。像紫色的珍珠，味道很甜，水份很多，據一位美國英文老師說，這是由中國來的種，有一個專有名詞，可惜她一時忘記了，沒有說出來。朋友，一想到現在菜市場那些大白菜、山東大葱、新疆的哈蜜瓜、廣柑、大白蘿蔔、草菇、蓬萊米……種子都來自我國，就覺得非常高興，至於中國菜，已經成了世界名菜了，外國人對於炒麵、炒飯、雜碎，已經不感興趣了，他們已能分別出什麼是川湘菜、廣東菜、北方菜、上海菜了。

提到菜，我又要發牢騷了，從少女時代開始，我就討厭在厨房做事，十歲開始洗碗，一直洗到現在，六十多年了。我討厭油膩，討厭夏天站在爐邊炒菜。來美後，我喜歡吃生力麵、臺灣米粉之類的食物，只要水一開，解開一包放下，再加一點辣椒，或者胡椒，一餐飯就解決了，多麼簡單，多麼方便；不過，有朋友勸我少吃，因爲有防腐劑的關係。我並不是天天吃它，何況我已過了古稀之年，沒有什麼可顧慮的了。

朋友，我寫一頁就閉眼休息幾分鐘，我要告訴你，我在此最近的生活：

自從本年三月開始，我們裝了一個機器，可以收看臺灣電視節目，「親情」、「包青天」，曾經轟動了中國城，現在的「一代紅顏」、「武當弟子」又是吸引觀衆看的好節目，不過也有缺點，有時拖得太長，就有點令人厭煩了。

每晚從八點半到十點半，是我最感愉快的時候，有時眼睛看電視久了，也會發澀，而且脹痛、流淚，那時就只好改爲「聽電視」了。十一點多就寢，睡不着時就起來吞一顆鎭靜丸，於是安眠到次晨六點。早餐前後除了念經、作運動外，便是習字、看書。

一提到看書，我又難過了！朋友，你想我們都是一樣類型的人，生平唯一的嗜好是讀書、寫作，一旦眼睛有了毛病，叫你整天閉着像過瞎子一般的生活，試問你能辦到嗎？曾國藩先生到了老年，也患過眼疾，在他的日記裏，曾有「讀書數行卽閉目養神」之句，可見他老人家，比我現在的情形還嚴重呢。

上午十點半至十一點，普通是郵差送信的時候，也有到下午一兩點才送來的，不像我們臺灣的郵差那麼守時；而且一天要送三、四次。這裏，由星期一至星期六，多半每天只收信一次，星期日和放假日，照例不收不送。我一天的快樂，就寄託在朋友的來信和書、報、雜誌上面；一到星期日就難過了；假如沒有客人，我們就在院子裏散散步，看看電視。

朋友，以上都是些瑣碎的，關於我自己的生活報導，不敢浪費婦友寶貴的篇幅，那麼就給你和編委會的朋友看看吧；可是最後有一句不能不告訴你：對於像我這麼年老的朋友，最好平時多寫幾封信，安慰她的寂寞，不要在她們到極樂世界去了之後，再寫文章來懷念，那時誰都不知道了。敬祝，大家健康快樂。

冰瑩手上

夢回臺北

朋友：你們的來信，我都收到了，眞有說不盡的感激。你一定不相信，我將你們的信，讀了一遍又一遍，甚至每封都能背誦了，還在重念。我在這裏，除了讀書、養病之外，便是想家。你們一定笑我太沒有出息了。旣然這麼想家，爲什麼不早點回來呢？不錯，我應該早就回來的，「異鄉雖好不如歸」，我經常記着這句話，也經常想到「月是故鄉明」。昨晚是中秋，我特別想臺北！本來我不喜歡吃月餅，因爲太甜；可是兩年來，我眞的應了王維的話：「每逢佳節倍思親」，過端午想吃粽子，過中秋想吃月餅，過年想吃年糕。過去，我看小說、散文，有所謂「鄉愁」，我不懂這是什麼意思，如今不但了解，而且深深體會到了，我常常和一些青年留學生見面，他們有很多苦悶，眞像陳之藩先生寫的「失根的蘭花」，不！我們沒有「失根」，只是「想根」而已！有時候，把自己當作浮萍，到處飄浮，一顆心沒有着落，究竟爲的什麼？我說不出來。

看了你們的信，眞叫我啼笑皆非，有的諷刺我：「不要做黃金夢」，有的罵我：「樂不思臺」。眞是寃枉，你們爲什麼不想想我的斷腿呢？我能坐十幾小時的飛機嗎？

你們問我，留學生的生活究竟是苦多還是樂多？我可以代他們答覆，老實說，苦多於樂。樂的是：這裏的學校、圖書館的參考書很多，隨便你看，隨便你借；科學設備很充實，可以幫助你做研究工作；還有，一年四季有熱水，洗澡冲涼眞方便。走到馬路上，不要躭心汽車會撞倒你，卽使沒有紅綠燈的街口，也有「停」字寫在路邊，遇着老太太小孩過馬路，汽車更要小心。這裏的巴士和有軌無軌電車，只要有人上下，每逢街口必停，如果你去同一個方向，你上車丟兩毛五分在錢筒裏，可以向他要一張轉車證，隨便你換幾次車，不要再買票。學生和六十歲以上有綠卡的人或公民，只要五分錢（夏威夷六十歲以上的老人是免費的）；不過優待老人是有時間性的，上午由九點至下午三點半；下午由七點至十二點五分，其餘時間不在優待的範圍內，同樣要兩毛五分，大概他們以爲老人不應該在公敎人員、學生上班最忙的時候出來凑熱鬧，我覺得很有道理。還有一種優待六十歲以上的老人月票，一張兩元五角，隨便你搭那路車，上車只要給司機看一下就行，眞方便。

最不方便的是：巴士不像臺北的一樣，路線那麼多，兩三分鐘一班，每站都有很詳細的站名釘在那裏。這裏（指舊金山）的巴士有的半小時、二十分鐘一班，最快也要等十五分鐘。這也難怪，在美國，大都自己有汽車，坐巴士或電車的人，多半是老年人和一部份沒有車的學生和黑人。

車子前面只有幾路、從什麼街到什麼路的地名，每個車站都沒有站名，只在電線柱上漆一塊黃色，寫上幾路，有的連這最簡單的字都不寫，所以初來美國的人，根本不要想一個人出去搭巴士，一定要有朋友做嚮導才行。

由於提到汽車躲行人，竟寫了一大堆，你該不嫌我嚕嗦吧！

最近從臺北來的朋友告訴我，松山機場大大地改進了，從僑務通訊和中央日報海外版上，也看到好幾幅松山國際機場的照片，我一面高興，一面更想臺灣！祖國的進步，一日千里，離臺只有兩年多，彷彿有二十年那麼長久。有一個時期，我住在醫院，幾乎每天晚上都夢見回到了臺北，我和朋友在陽明山欣賞杜鵑花；在日月潭瞻禮玄奘寺；在碧亭野餐；在圓山動物園看猴子吃西餐；在中山博物館看古畫；還有高雄的大貝湖；橫貫公路的天祥、太魯閣風光……到處都有我們的足跡，不說也罷，越回憶，越使我想臺灣。

憑我兩年多在這裏的生活經驗，最苦的莫過於心靈的空虛和寂寞，唯一的安慰是接家人和朋友的來信；尤其最盼望的，是從臺灣寄來的信和書報，可惜這裏的郵差一天只送一次信，逢星期日或放假日，照例不收發信件的。他們送信也沒有一定時間，有時上午十二點以前送，有時下午二點才來。我不知道他們的郵差何以每天要換不同的人，有時是白人，有時是黑人，有時是女人，有時是中年或者青年；美國也有「限時」信，隨到隨送，本國的要加六毛，合臺幣二十多元，想起臺灣的限時信，實在經濟極了。

拉拉雜雜，自己也不知寫了些什麼？我的苦樂，還沒有寫完，以後有機會再談吧。

祝福

諸位好友健康，愉快。

冰瑩寫于加州——六十二、九、十二

又是一年春草綠

親愛的朋友們：

您好，又是一年了，首先祝福你們新春納福，萬事如意！

我不知道你們的感覺怎樣？這一年，在我看來，實在特別短，日子簡直像飛，像閃電，古人形容「彈指光陰」，到現在才了解，才相信。他們愛惜寸陰、分陰，有大禹、陶侃做我們的先例。年輕時，不懂得這些道理，現在懂得了，很想抓住，緊緊地抓住每一分、每一秒；然而晚了，晚了，往往心裏想做許多事；但力不從心，結果徒然惹來無限煩惱。

打開今年的日記，在元旦這天，我寫了兩篇短文，一篇是給青年戰士報的「遙遠的祝福」，另一篇「我讀漆園之歌」，是爲公超而寫的。我統計一下，不算本篇，全年一共只寫了十九篇散文，共三萬八千四百字，唉！實在太少，太少了！這是我從事寫作以來，成績最壞的一年，也是心境最不好的一年；爲什麼有此現象？簡單地告訴朋友吧，我有濃重的「鄉愁」！我想臺灣，幾乎天天想突然有一天，不告訴任何朋友，像一個旅行的陌生客，手裏提着小小的旅行箱，悄悄地搭乘中華班機回到臺北，然後坐計程車來到宿舍，再用電話告訴朋友：「我回來了！」

這是個眞實的夢，不久就會實現的。

我永遠忘不了朋友們在松山機場接我、送我；在基隆碼頭，淋着大雨接我；在臺北火車站；高雄碼頭；在香港……朋友，我不再嚕囌了，總之一句話，此後我不願再麻煩朋友了，我要像這次由洛杉磯回到舊金山一樣，一個人悄悄地開了房門進來，使他大吃一驚：「你怎麼一個人回來了？連個電話也沒有！」

朋友，告訴你們這件事，證明我的斷腿比去年好多了，雖然這一年來，我曾在巴士上摔過兩次，一次我和好幾個老太太都站着，司機突然來一個緊急刹車，我們都倒下了，一個胖老太太壓在我的身上，經別的乘客拉我們，才能站起來，才有人讓坐。我那時手裏正提着從漁耕農場買來的三十個新鮮雞蛋，我心裏想：糟了！這些蛋，至少也打碎了一半，及到家打開一看，哈！眞是奇蹟，一個也沒有破，連一條裂縫也沒有。我把這件事告訴朋友，她們都說：「你的『功夫』太好了！」天知道，我那兒來的「功夫」，只是運氣好罷了。

又有一次，也是在三十路公車上，我從左邊移位到右邊，以便好看街名；沒想到司機在紅燈沒有滅的時候，突然開動，我跌倒了，這次眞倒楣，傷了三根肋骨，痛了三個多月才好，幸虧沒有斷；否則又要住醫院開刀了。

從此，我走路特別小心，坐在那裏，就是那裏，再也不敢挪動位置了。

朋友，這一年，我寫的文章這麼少，是有原因的，眼睛不好，不能多寫字，是使我煩惱的一個主因；過去，我是個不服老的人，現在記憶力和視力衰退，我不能不服老；但我仍然以海明威「老人與海」中的老人爲模範，我不承認「老而無用」，我要「老當益壯」；只要不生病，不躺在床上呻吟，我還是一個可以看書、可以寫作的人。

朋友，我太對不起你們，我收到你們贈送我的大作、雜誌及報紙，使我的精神食糧充實，每次讀了這些好文章，我在內心又湧起無限的謝意和感慨；而且我不知下過多少次決心：「我要給他們寫篇文章，才對得起他們贈送刊物的盛意。」可是一到提筆，又不知從何寫起，腦子裏有的是題材，有的是話；只是有時候，望着稿紙，還沒有動筆，就先流淚了。唉！朋友，像這種情形，我還能寫什麼呢？

感謝朋友們的愛護與關懷，近半月來，賀年卡、信件，像雪片似的，從臺灣及海外各地，飛到我的手裏，我又高興，又感激；儘管我回給他們的是「郵簡」，我相信他們一定不會見怪的。

今年我只出版了兩本有關佛教的散文，一本是力行書局的「冰瑩書柬」，一本是由玄奘寺發行的「觀音蓮」。在二十年前出版的「碧瑤之戀」，如今又要由力行四版了；「紅豆」絕版十多年，現在又三版了；還有位朋友，現正計畫再版「新從軍日記」和「在日本獄中」，這也許是給我精神上一點小小的安慰與鼓勵，朋友和讀者們都沒有忘記我，我應該征服病魔，克服精神上的苦惱，以愉快的心情迎接一九七七年——我國的六十六年。朋友，六六大順，首先祝福我們的國運昌隆，社會繁榮，人人安樂；祝福我們的文藝之花開得更燦爛、更芬芳；祝福大家永遠健康、快樂、進步！

六十五年（一九七六）十二月二十五日於金山

遙遠的祝福

朋友：

今天是民國六十五年的春節，首先我在此向朋友們拜年，祝福大家精神愉快，身體健康，年年如意，歲歲平安。

去年我是糊里糊塗地過去的，我不知道怎麼忽然又過了一年，一件最使我傷心的事，是我們的總統　蔣公逝世，我曾以「弔念仁慈的校長」爲題，寫了幾百字；但終於因爲心裏太難過，而要寫的事太多，至今沒有完成；接着是一連串朋友、同事相繼去世的噩耗傳來，使我精神上受到莫大的打擊。我傷心痛苦，有時甚至萬念俱灰；但我素來的人生觀是積極的、達觀的，我想不應該消極、頹廢，雖然年齡已逾古稀，終日不離開醫藥；但比較那些整天躺在床上呻吟的老人來，我又幸福多了。

去年十一月底，收到老友問鵑寄來第一張賀年卡，那是一個故宮博物院所珍藏的古玉雕刻複製品，我高興極了！想要回她一張；同時寄些給海內外的朋友，順便將新地址告訴他們；可是當我跑了十幾家售賀年卡的商店後，大失所望，找不到富有中國藝術氣氛的賀年卡，都是帶有宗教色彩的聖誕卡。我回家和外子商量，我們以後改用郵簡賀年，一來經濟，二來可以借此多敍敍家常；誰知美國當局，正在醞釀郵資加價，報上登載，因為寫信的人少，利用電話的多，所以一年虧空兩億多。這是一個驚人的數目，他們補救的辦法，一是裁員，取消一些郵政代辦所，二是郵資加價。有一件事，也許是世界各國沒有的例子，為了加價的事沒有決定，於是聖誕節前發售的郵票上面沒有價目，直到十二月三十日，才確實知道，本國各地的郵資，增加百分之三十，即本來一毛錢的，現為一毛三分，其他國外的郵簡、航郵、包裹等究竟增加多少，還不知道。

買不到郵簡，在我附近的郵政代辦所也買不到郵票，怎麼辦呢？只有請在臺北的朋友、義女、學生為我轉信，大揩其「郵」，想必有不少朋友收到我用小筆記本上面的紙寫的信，雖然只有簡單的幾句，卻代表我一片誠摯的心意。

說起來很有趣，每年在我的日記上寫着：「一定把今年的信債，在年前還清，而且以後決不拖欠。」每年十二月最後兩三天，都是這幾句話，結果呢？到昨天下午五點半為止，我回賀卡的信共有三十二封，還有五封來不及，只好一倂在此向她們道歉了。

我知道朋友們最關心我的腿和眼睛，順便在這裏報告一下：兩個月前，做了一次全身檢查，包括胸腔檢查、照X光、做心電圖、抽了五次血，檢查血糖和血脂肪，因爲食物控制得得好，兩種都不高；腿也照了三張片子，還是老樣子，不好也不壞，除了騎車、散步經常練習外，沒有水療；爬樓梯，是我每天的功課之一，因爲在我們公寓的樓上，是一間可容四五十人的大客廳，裏面佈置得有方桌、大小沙發、撞球桌、書架，一走進去，就讓你感覺舒適、輕鬆而愉快。和我們的房間一樣，站在窗口，可以望見浩淼的太平洋，和深紅色的金門大橋，爲了這裏的風景幽美，交通便利，情願搬到這小小的公寓來住。朋友來訪，我們只好請他們先上大客廳舒適地休息一會兒之後，再下來到我們的「鴿子籠」喝茶。她們多半用「室雅何須大」來安慰我們，特別是當她們看到我們的小盆景「小橋、流水、人家」，竟讚不絕口；其實我們的花架、書桌上面的書架，都是達明設計，買了木板來自己做成的。

究竟是年紀大了，說話有時嚕嗦，有時重複，有時離了譜，前面報告我的腿，眼睛又忘了。原來醫生說我右眼因微血管破裂，有些淤血，左眼長倒毛，需要開刀。後來經過眼科博士梁禮崇大夫仔細檢查之後，他說右眼可以暫時不施手術，左眼已定一月六號上午八點一刻，割去長倒毛部份，這是我的眼睛第四次開刀；過去在臺北時，陳榮新大夫也曾建議我開刀，以免每月拔毛太辛苦，我沒有接受，現在我要聽醫生的話了，希望眼睛好了之後，我可多和朋友們通信，多寫點東西出來，留做紀念。

最後，要告訴朋友的，是外子的身體很好，他和我一樣很掛念在臺的朋友。祝福大家新春納福，萬事如意！

謝冰瑩上　六十五年元旦

想臺灣

記不清從那一天開始，我把每天日夜從窗口看到的金門大橋，當做碧潭的吊橋以後，心裏便舒服多了。

——那麼太平洋海灣，就等於碧潭了。

我自言自語地說。

人是感情的動物，誰也不能否認。不論在什麼地方住久了，很自然地會對那地方發生感情，一件東西用久了，衣服穿舊了，都捨不得丟，念舊！念舊，這就是眞正的感情作用。

由臺灣來的朋友，一見我便說：

「好呀！你眞聰明，選了一個這麼四季如春的好地方養病，走到中國城，看到這麼多本國的同胞，不等於熱鬧的西門町嗎？吃中國飯，看臺灣電視，一切國內吃的、用的、穿的，應有盡有，怪不得你樂不思『臺』了。」

「眞寃枉！你怎麼知道我不想臺灣？自從三十七年的秋天，我由北平來到臺灣以後，一住就是二十五年。四分之一的世紀，在我生命史上是最長的一段愉快、安定時間，也是我用微薄的力量，貢獻給教育和文藝較多的機會，我怎能不想念我的第二故鄉——美麗的寶島？」

朋友聽了我的眞心話，不住地點頭。

當我年輕的時候，腦子裏很少有留戀故鄉的感情，老覺得走到那裏，都是一樣，海闊天空，我應該以四海爲家，不應有狹隘的鄉土觀念；甚至在中學時代，看到同學因想家而流淚，我就取笑她，諷刺她有封建觀念，旣已來到外面，就不應該想家。後來到上海、北平、東京等處求學的時候，才眞正體會到詩人王維的「獨在異鄉爲異客，每逢佳節倍思親」的深刻意義。我無法控制的感情，也曾經爲想家而流淚、痛哭過；現在老了，應該把一切看開、看淡了吧？不應該有什麼「鄉愁」、「思鄉病」。朋友，你如果這麼想，那就大錯而特錯了！因爲人，越到老年，越會思念故鄉，越有「葉落歸根」的思想；她再也不想過「漂泊」、「流浪」的生活。她需要安定，需要寧靜，需要和朋友家人團聚；更需要溫情，需要安慰。朋友，你太年輕，我說的這些話，你是不會了解的；你也許還會取笑我這種思想太落伍，太不合潮流了。是的，朋友，這只是屬於老人的思想，希望你們永遠年輕，長春不老。你們像翺翔天空的海鷗，高高地飛，遠遠地飛，飛到你認爲最好，有理想的地方，然後停下來，去開闢你的前途，創造你的事業。

我知道，朋友，你是不會忘本的，你更不會數典忘祖；你雖是青年，也會像我們一樣，時時懷念故鄉，眷戀祖國；你們也會在歲暮天寒、大雪紛飛的時候，想念你的家人、親友。那麼，朋友，不要難過，讓我們靜靜地坐下來，多寫幾封信吧，把無限的祝福，滿腔的熱情，寄託在薄薄的信箋裏，那會減輕你的鄉愁，你的難過，而增加親人朋友的快樂、慰安。

朋友，祝福你們每人都有錦繡光明的前程！

一九七六、十二、十七於金山

朋友，祝福你

朋友：

又是一年了！

眼看着時光飛逝，每天從信箱裏收到朋友們的賀卡，內心裏眞是又喜又憂：喜的是：故人健康，有些添子添孫；有些把全家福的照片，自己設計成最美的形式寄給我；有些青年朋友，本來是孤家寡人或者小姑獨處的，如今都已成對成雙，建立了甜美的小家庭；憂的是：在這一年中，我們的至親好友，有幾位相繼上了極樂世界，我想到他們的家屬，是多麼傷心地在度過今年；同時也想到自己的身體，一年不如一年，讀書和寫作的效率太差了，記得我在今年元旦，曾經寫下六個計畫，四個願望，其中第三個計畫是：每週至少寫一篇文章，每月寫一萬字，一年完了，就是十二萬，可以出一本小書，以紀念正式寫作五十年（自出版從軍日記開始算起）。七十多歲的老人，早已到了髮蒼蒼、視茫茫、齒牙脫落的階段，儘管心裏想看很多好書，想多寫幾篇有意義的文章；然而力不從心，奈何！奈何！（方才我統計一下，到今天爲止，只寫了八萬五千四百多字，比去年多寫四萬多字。）

可是，親愛的朋友，你看到這裏，千萬別爲我躭心，儘管大小病魔，經常來擾亂我的身心，這是我個人的刼數，一定有前因的，我要逆來順受，決不怨天尤人；我更不消極，像以往一樣，我樂觀、達觀，常和老朋友、中年、青年朋友通信、往來，保持感情上的連繫。我一點也不感覺老年的寂寞，因爲從小我就是一個最喜歡合羣的人，我愛丈夫兒孫，也愛朋友；更喜歡寫信。有時很久接不到朋友的信，我會難過得失眠，於是我馬上去信，請她給我幾個字；突然前天下午，我接到兩位朋友打來長途電話，這是我先後在美住了六年多，第一次接到臺北的電話，我沒有想到該說什麼，一雙眼睛只緊張地注視電鐘，心裏每秒鐘都在想着：千萬別超過三分鐘，結果呢？才講了兩分多一點，我就自動結束談話了。她們兩人一定在埋怨，說我太小氣了，其實我是爲她們着想呀！

還有十多位朋友，爲了掛念我的眼睛寫字困難，就把地址條寄給我，只要往信封上一貼便行；有些寫的，我剪下來貼用，也一樣方便。

朋友，報告你們這兩件事，可見好友們是如何地體貼我、關心我。

每天我有兩段最快樂的時間，中午看信、看報和從臺灣、香港、菲律賓寄來的各種雜誌和佛書；晚上由八點開始到十點半，有三家電臺放映臺北的歌唱、電視連續劇，以及有關臺北十大建設和一切教育、文化、工商業等新聞。每當節目開始，一聽到「梅花」和「空軍歌」或者「海鷗飛在藍藍海上」的時候我特別高興，我也跟着唱，我的心早就飛回臺北了！

朋友，又是一年了，我有無窮的感慨，也有無限的希望，如果都寫出來的話，決不是三、五千字所能說盡的。朋友，請你把這封短信當做是我給所有在臺灣的朋友的賀年卡，祝福大家年年如意，歲歲健康；更祝福我們的國家國泰民安，早日反攻大陸！

六十六年十二月十八日於金山

道歉與拜年

像做夢似的，我又從臺北回到金山來了。

這是一個夢，一個五個月的長夢；而且是人生中最美、最甜，最快樂的夢；但是我還嫌短，眞的，我不想這麼快離開我的第二故鄉，我只想永遠地沉醉在我故鄉的懷抱裏，直到我永久安息的那一天。

「你什麼時候回去？」每當朋友這樣問我時，我總是毫不遲疑地回答：「我要在這裏過農曆年。」

我有四年不在臺灣過年了，我是多麼想看看農曆年的熱鬧，和朋友們多說幾聲恭喜，多喝幾杯新年酒；老實說，我這次回來，吃了不少好菜，也喝了不少名酒；可是沒有醉過，原因是怕在朋友面前，喝醉了失態難爲情；假如吃年夜飯，喝醉了是應該的，也是可原諒的，一醉解千愁，再醉就是一年，多麼痛快！

爲了連接大兒子兩個隔洋電話，知道老伴的毛病，又發了一次，雖然現在好了，還需好好調養，我應該早點回去的，於是放下待整理的文稿連朋友處也不敢告訴他（她）們，就悄悄地飛走了（怕她們勞步送行，送禮）。

朋友，這是萬分對不起你們的事。這次回臺，又欠下了不少的人情債。四年前，朋友爲我餞行、送禮，今年我想即使不能還禮，也該一一踵府探視他們，說聲謝謝，然而我沒有時間這樣做，甚至有好多位朋友，連電話也沒有接通，就這麼不告而別了。

朋友，我不再申述理由了，我不敢奢望你們原諒，我只希望你們不遺在遠，經常來信督促我；你們有新著出版時，千萬賜贈我拜讀，使我的心和你們的心永遠相連，使我知道臺北文壇的進步狀況，使我了解朋友們努力的成果；更使我的思想不落伍，使我的文字不退步。

寫到這裏，我忽然記起我欠的文債來，實在太難爲情了！有欠了三年以上的，有次紹唐先生還說過我沒有信用，其實我是個素來最講信用的人，只因傳記文學積稿太多，我慢點寫也無妨，現在我把該還的文債，列了一張表，那些該先還，那些該緩還，我要按照計劃來完成，朋友，這不是欠的文債，而是人情債呵！要不是朋友們永遠記得我，不以老朽而見棄，使我的歪文，能有機會與讀者見面，使我沒有和國內文壇斷絕關係，我應該特別引以爲榮，特別感到高興的。

「臺北之行如何？」

回到金山，朋友見面，第一句話問我。

「太高興了！四年不見，臺北比過去進步多了，繁榮多了，一切都是欣欣向榮；只可惜我沒機會去金門、馬祖、澎湖前線，向英勇的將士們致敬。」

「這很容易，明年回去，不就可以完成你的志願了嗎？」

「是的，明年春暖花開的時候，我要再回到臺灣，享受我這次未完成的快樂，那時候，我會先給朋友們一個驚喜，我又回來了！」

朋友，這是你們大家所了解的，人是感情的動物，親情與友情，缺一不可！我是幸福的，兩者都擁有，回到金山，外子爲我保留五個月來朋友寫給我的信，寄給我的書、報、雜誌堆滿書架、抽屜，我要分別回信、處理；加之又遇到陽曆年關，從各地來的賀卡很多，也要回謝，朋友，請恕我用郵簡代替賀卡，因爲可以多寫些話，今天更願在這裏，假借青年戰士報的園地向大家拜年，祝福朋友們：

永遠快樂健康！

永遠幸福無量！

冰瑩寫於六十七年十二月十五日

神遊故國

——向臺灣的朋友拜年

親愛的朋友們：

大家好。

我不懂，何以到了老年，日子過得特別快，一轉眼，又是一年，自從前年十一月，被兒子兩個長途電話，把我催回金山之後，在這兩年多的日子裏，我不知夢見過多少次回到臺灣，和朋友們歡聚，醒來我又高興又惆悵：高興的是，我常常神遊故國，我的形體雖然遠在海外，但我的靈魂永遠留在臺灣；惆悵的是，好夢太短了，往往當我正在萬分高興的時候，忽然清醒了。

——再睡吧，繼續方才的夢，我要永遠不醒。

這麼一想，好夢離我更遠了，我無法再睡，又不能像過去一樣，爬起來扭亮電燈看書或寫文章，如今爲了眼睛不好，白天卻不敢多寫字多看書，何況晚上？朋友，我本來不想告訴你們這些瑣事，然而這是我的心聲，因爲我太想臺灣了，太想你們了，才有思鄉夢，爲什麼不告訴你們呢？

朋友，今年有幾件喜事要報告的：

第一件事：今年元旦有團拜，參加的人，比往年特別多，我們的國旗在各會館的門口飄揚，用小國旗佈置成V字形，象徵勝利，特別是今年國慶更加熱鬧了！中國城的每條橫街口，都掛着「慶祝國慶」、「中華民國萬歲」的紅布標語。在都板街和積臣街接界的馬路上，有美國共產黨用油漆在馬路中間，寫了「處死鄧小平五人幫萬歲」的標語，看到的人，誰也不注意，也有人邊走邊罵的：「四人幫早就垮臺了，他們還加上一個死毛賊，眞不知是何用意？」唯有我們的國旗，吸引了很多很多的觀光客，他們拍了許多照片，有大小飄揚的國旗、有中國商店，也有中國老先生、老太太和孩子們。遇到他們去中山公園，爲 總理孫中山先生拍照時，我就很難過，爲什麼？因爲那個立着的銅像面孔，根本雕塑得不像總理，不過這是我個人的看法，洋人是不知道的。

第二件事：由臺灣進口的各種商品，越來越多，也越來越精緻、越漂亮、越實用。超級市場也有好幾個，原有的中國城，實在太擁擠，於是在克里門街一帶，無形之中，有了第二個新中國城。過去只有少數洋人，買中國人的菜，如今他們知道中國城的菜又新鮮、又便宜，眞的是價廉物美，很多洋人都擁入中國城購貨；至於餐館更不用說，不論上、中、下各階層的人，沒有不讚美中國菜經濟實惠的。

第三件事：中國的文化，在海外越來越蓬勃了！黎明書店，在舊金山，算是一家集臺灣出版界所有書籍文物之大成，各種新舊作品、刊物，應有盡有；只可惜門面嫌小了一點，將來如能擴充；或者另向更好的地區發展，那就前途無量了！

據我所知，臺灣、香港兩地的書刊，在金山的發行網，除了黎明文化事業公司之外，還有在馬咭街的時報週刊社，以及世界日報中國城的辦事處，這三處可以說凡是臺港（特別是臺灣）出版的書籍、雜誌，數量、種類之多，拿堆積如山四字來形容，當之無愧。雖然如此，我感覺還是不夠，小朋友想看的讀物太少了，應該多寄些中國歷史故事，和童話、歌謠、成語故事一類的書來。其實這事很簡單，只要將臺灣歷年來出版的兒童讀物目錄，搜集全份寄給我前面所介紹的三個機構，由他們選購在金山發行，那時小朋友們，就不至於缺乏精神食糧，要依賴他們的爺爺奶奶，或者公公婆婆由臺灣寄來了。

朋友，以上是我對臺灣出版界的希望，多把好作品運到海外來。使我們不感到精神食糧的恐慌；我更請求我的朋友們，有新作出版，不要忘記贈我一本，如果需要我寄書款或郵資來，請不要客氣告訴我，我會馬上託于子培先生由劃撥寄上。

從中央日報，看到一個不幸的消息，文協遭火災，道藩圖書館被焚毀，楊瑞先友來信說，當紙灰飄飛到溫州街他的寓所時，他傷心極了，光只看到這幾句話，我也痛心得流淚了！我不知道有那位好心的朋友，能把這次火災的實況多告訴我一點，文協現在遷到什麼地方去了？該沒有文友受損失吧？婦協、靑協的情形怎樣？大家都好吧？

我天天想念臺灣，時時掛念我的朋友們，本來還想向大家報告一點我這一年來的「病況」，怕你們難過，我不想說了。請朋友們原諒，我不分別寄賀年卡了，只要我的生命存在一年，就會在靑年戰士報上向你們拜年，祝福大家：

天天健康

年年如意

謝冰瑩拜年　六十九、十二、十六夜

一個甜美的夢

——向文藝界朋友與讀者拜年

親愛的朋友們：

此刻是民國七十年，十二月十三日的早晨四點半，我剛從一個美麗的、愉快的夢境裏醒來，我的心還在跳個不住，精神興奮得想要大跳大叫，我一骨碌地爬起來，穿上睡袍，馬上給你們寫信。

朋友，三十多年來，我沒有作過這麼甜美與奮的夢，以前我夢過回到臺灣，回到大陸的故鄉——謝鐸山；可是沒有昨夜的美，也沒有昨夜的長；更沒有使我高興得流着眼淚笑醒來。

朋友，這是一個從臺灣回到大陸的夢：

浩浩蕩蕩的隊伍，向桃園國際機場、松山機場、基隆碼頭、高雄碼頭……奔去，到處擠滿了人，堆滿了行李，每個人的臉上浮滿了笑容；但是也有捨不得離開臺灣而難過的，我也一樣。

我是乘飛機回大陸，我沒有拿手杖，也沒有拿手提包，一身輕飄飄地，彷彿像一隻小白鴿，在天空裏飛翔。

朋友，此刻我來不及詳細描寫我當時的心境，只告訴你們，我到了北平的情景：我家裏的人，上至祖母、父母親、兄嫂、姊姊、姪兒姪孫，大約有三、四十人，都來接我，還有老孟媽也握着我的手在歡喜得流淚。

機場裏，只看見一片青天白日滿地紅的旗海，這場面，完全像今年七十國慶，總統府廣場裏閱兵的情景一模一樣。

「崽（這是我們故鄉叫兒女的稱呼），我們盼望了三十多年，如今你到底回來了！我們過了三十多年貧窮痛苦，暗無天日，恐怖悲慘，沒有絲毫自由的生活，現在好了，我們得到了解救，崽，你以後再不離開我們了吧？」

母親緊緊地抱住我，眼淚雙流地說。

「媽，我們永遠不會再離開了！」

我這時，眞是悲喜交集，熱淚滾滾而下。

我不知道該從什麼地方談起，我被家裏的人擁抱着，一大堆男女青年、少年、小孩，我一個也不認識，三嫂說：「他們都是你的姪兒姪女、姪孫、外孫呀，等你回到家，再一個一個地給你介紹吧。」我的老天，怎麼記得住呢？我心裏在想。

朋友，我不多描寫了，這是一個千眞萬確的夢，我此刻還在流淚，我太高興，太興奮了！我相信這不是一個夢，而是未來的現實，希望我能多活幾年，使我親自體驗夢裏的一切一切；只是我的祖母和父母親、哥哥姊姊他們，怎能復活呢？……

時間像閃電，七十一年快來到了，今年我感覺特別過得快，人也特別容易老。在七十年元旦，寫在日記上的十條願望和計劃，有三條完全沒有做到，兩條只實行了一半，這是我的缺點，應該深深地反省，仔細檢討的。

俗語說：「英雄只怕病來磨」，我不是英雄，更害怕病了，病，剝奪了我寶貴的時間；病，消磨我遠大的志氣；但我並不灰心，我要拚命掙扎，和病魔戰鬪到底！

親愛的朋友，謝謝你們的來信，不論臺灣的、大陸的，都盼望我歸來，其實我又何嘗不想早日與你們歡聚；可是病，這個討厭的絆腳石在阻礙我。目前，我正在中西藥兼服，雙管齊下，希望明年我能回來。

朋友，今年還像往常一樣，我不寄賀年卡，在這裏向你們拜個早年，祝福：

我們的國運昌隆；

大陸早日實現三民主義；

全中國的同胞健康愉快，萬事如意！

冰瑩拜上　七十、十二、十三黎明於舊金山

七十國慶在金山

道歉

親愛的朋友們：

大家好。

提起筆來，我首先要向婦友的編者和讀者道歉，三年多，我沒有和你們筆談了，每次收到婦友和中華婦女時，我就想：下次無論如何要給她們寫點什麼了，那怕幾百一千字也好，一來表示我對大家的關懷；二來也讓朋友們知道我還在人間，可是不知經過了多少個「下次」，文章依然沒有寫，我實在太對不起朋友，以後我不敢這樣拿一個「忙」字來推卸責任了，我不能原諒自己，趁此有限的歲月，我要多留下一點生活的痕跡在人間。

狂歡之夜

朋友：你們想知道今年的國慶在金山、在全美各地的僑胞，是如何歡欣鼓舞地慶祝七十國慶嗎？我如今不是新聞記者（抗戰期間，我當過三年多採訪），我不能做一次詳細的報導，這裏只來幾個簡單的特寫，讓朋友們分享一點我們在海外歡度國慶的快樂。

我正式住在舊金山六年了，每逢雙十節、元旦，我都要從箱子裏拿出我的大禮服（旗袍）來穿上，拄著一根拐杖，擠上公共汽車，進中國城；然後再擠進中華總商會參加慶祝會。一年兩次，我可以提高嗓子唱國歌，向總理遺像及國旗行三鞠躬禮，這是我感覺最快樂最安慰的時候。

參加國慶的僑胞，一年比一年多，今年更多了，連我這斷了腿的跛子，也找不到座位只能站在大門裏簽名桌子的旁邊；而且擠得連站都站不穩；可是我捨不得離開會場，我要聽完鍾湖濱處長的講演。他分析葉劍英提出的和談九點方案，簡單扼要，批駁得一文不值，聽完掌聲如雷。

照例，會後有自助餐招待，我只吃過一次，今年我跑去點心世界吃湯麵，以示慶祝中華民國的七十壽誕。

朋友，最使我高興得幾乎發瘋的，是雙十節的晚上。

每年國慶遊行，我從電視新聞報導中，看到那浩浩蕩蕩的行列，聽到雄壯的樂隊聲、歌聲，我的血液不由得熱起來。我恨，我埋怨自己前生一定是個壞人，孽障太重，一雙好好的腿，爲什麼要跌斷一條，使我不能去參加遊行。哈哈，今年我達到目的了！

朋友，請你不要往下看，閉著眼睛猜一猜，我是怎麼參加的。

報上早就發佈了，中國城今年的雙十慶祝會，是空前的熱鬧，新買了一條一百六十呎的長龍來，參加的獅子有四十多隻，遊行隊伍起碼有五、六千人，我想，雖然我不能參加遊行，至少我要站在勝利堂的門口，看他們出發，於是五點半鐘就吃晚飯（又是麵），老伴去照相，我去看熱鬧。

本來定的是七點半開始遊行，不到七點，市德頓街，已經被看熱鬧的人，擠得無立錐之地。我自作聰明，費很大的氣力，才爬進鐵欄杆，站在總商會門口左邊，石獅子的背後。我要了一面小國旗，也像幾個小朋友一樣，搖一陣又休息一下，看到獅子來向商會報到、磕頭，商會就放鞭炮歡迎，我害怕炮竹傷了我的眼睛，連忙用大衣披在頭上。

突然，我看到清流樂隊的花車（租的噹噹車）上坐有老太太、小孩，和化裝古典美人的小姐。我想：何不去試試看，假如我能坐在這車上遊行，不用走一步路而能看到熱鬧，眞是太好了！

我走近花車，忽聽到「太老師」一個熟悉的聲音，不知來自何處，我正在張目四望的時候，看到四位穿古裝、梳高髻的美女向我微笑，一位身穿盔甲的武士把守門口。

「先生，我可以上來坐嗎？」

「可以，可以！」

這時我眞高興得說不出話來，除了連聲「謝謝」之外。

開始遊行了，車子開得比新娘進禮堂還慢，因爲龍太長，獅子太多，兩旁看熱鬧的各國男女老幼，像兩堵牆似的擠得密密麻麻，很多人伸手向我們要國旗，只好把我們手上的先給他們，然後向車上一位老太太要，她很慷慨，給了我四面，另一位小姐說：「老太太那裏還有，不知道她要這麼多國旗做什麼？」老太太的耳朵很敏感，聽得懂國語，馬上回答「我有好多個孫子孫女他們都要國旗，還有鄰居也要。」

後來我們就不好意思向她要國旗了。

清流社要在十月十六日至十八日假勝利堂演出「萬古流芳」（又名趙氏孤兒、搜孤救孤）帶了一些海報，準備送給僑胞的，很多洋朋友也伸手要，當然也要給他們。那四位要在劇中演玉蘭、金枝、蘇月兒、江媽的小姐，穿著那麼漂亮的古裝，不知有多少照相機對準她們卡擦、卡擦。

一會兒歌聲起了，「梅花、梅花滿天下，有土地就有它，梅花堅忍象徵我們，巍巍的大中華……」這時候，我完全忘記了自己是老太婆，也跟著他們年輕人，張開沙啞的嗓子大唱起來，我的腦海裏彷彿回憶到北伐那年，我和皮萱、舒瑞予三人去參加國慶遊行的情景，我高興，我歡呼，不住地揮舞著國旗，兩邊的觀衆，也像我們一樣地在歡欣鼓掌。

朋友，這眞是一個狂歡的晚上，車子進了中國城的大門，總理的「天下爲公」四個大字，映入我的眼簾，我坐直了身子，有肅然起敬的興奮。

都板街，這是我們中國人最初來到舊金山落腳的地方，所以叫做唐人街。現在成了觀光客絡繹不絕的熱鬧區域之一，若論中國人集中，每逢周末、星期天，或者放假的日子，還是市德頓街最熱鬧，簡直和臺北的西門町、東門市場一樣。

每年國慶、過年，都在美麗宮飯店的對面，搭著臺子，有講演、唱歌、跳舞、短劇各種表演，今天也不例外；而且比任何往年都要熱鬧、精彩。

「我從南部來金山不久，到美國四、五年了，第一次參加這麼熱鬧的國慶，實在太高興了！」

在「萬古流芳」中飾演裴豹的李秩宏君說，他的太太也是花車上的古裝美女。回頭看看劉翰星的女兒十多年前，在臺北第一宿舍我家，和她姐姐路德一塊兒背誦唐詩的路加，居然成了很好的演員，時間過得眞快，當年跳跳蹦蹦的小女孩，如今已是亭亭玉立的少女了。今晚要不是她叫我太老師，我怎能上車呢？

朋友，我不再往下寫了，你們看看全美各地慶祝雙十節的盛況吧，這象徵我們的青天白日滿地紅的國旗，已揷滿了美國有華僑的地方，也象徵我們三民主義的光輝，照耀著每個中國人所在的地方。

我現在，幾乎成了害臺灣相思病的、半神經病人，只要是從臺灣來的團體也好，個人也好，無論識與不識，只要聽到說：「我是從臺灣來的」我便很高興地和她攀談。還記得一女中的儀隊來金山表演，我走了十幾條街去看她們，我鼓掌、歡呼，彷彿像瘋子似的，拄著手杖，跟隨她們的後面走，一直站在總商會的臺階上，看她們表演完了才拖著又痛又疲倦的雙腿回家。

還有一次，臺北小學的小朋友來金山勝利堂表演，我們也去聽了，她們的歌聲，眞像黃鶯出谷、乳燕歸巢的那麼清脆、柔和，聽了令人感到異常的愉快、親切、舒服；只有大安區的姐妹們來表演，我因事沒有參加，至今引爲遺憾。

朋友，還有比這更難過的是，今年臺北國慶的熱鬧情況，中華電臺的轉播，報上登錯了時間，我一連兩個下午，守在二十六臺的電視機旁邊，結果沒有看到。我想，一定可以找機會看到的；否則，我只有從光華雜誌上或美哉中華上看照片了。

唉！今年快完了，但願我明年能回來參加國慶。祝福

國運昌隆

大家康健

冰瑩寫於七十年國慶後三日

感謝關心我的朋友

敬愛的朋友：

又到了我和你們一年一度公開的通信了，首先向大家問好，祝福你們年年如意，歲歲平安。

今天我把歷年來向臺灣朋友賀年的信稿整理一下，發現有三封找不到了，我是從民國六十二年開始寫的，題目是「夢回臺北」，六十三、六十四和六十七年三封信找不到了。從六十八到七十年都有剪稿，我想請求本報副刊主編胡秀先生，花費一小時或半小時的寶貴時間，爲我找出那三封來複印一份寄下，使我這十年來，懷念臺灣朋友的紀念保存下來，在我上西天之前，我會託一位朋友爲我出一本「海外書信集」，把我寫給朋友們的許多信收集起來，並沒有別的目的，只是留下一點我斷腿十年來的生活痕跡而已。

這是我的奢望，不知胡先生有時間肯幫我這個忙否？

今天，我首先要向朋友們致衷心的感謝，自從右腿在五月十八日，施行第二次手術後，承住在金山附近及外埠的朋友，遠道赴醫院探視，其他國外的朋友來信問候的很多，大家這樣掛念我、關懷我，使我常常在午夜流下感激之淚。本來在動手術之前，好幾位朋友勸我考慮，快八十歲的老人，再開一次刀，未免有點冒險；但我思量再三，每次出門要吃止痛藥，由X光片照出來，我的右腿已經短了兩英寸，第一次手術並不完善，十二年來，我不知受過多少苦，年年我盼望早點解脫，不想再挨一刀，一切苦痛，我願忍受。後來照了三次X光，經過UC醫院的骨科名醫決定開刀，我就勇敢地上了手術檯。

經過兩個半小時的流血，我一點不知道痛，等到全身痲醉清醒之後，自然會痛得厲害；特別是輸血，對我的威嚇太大。在醫院住了半個月，幸有丈夫、兒女天天來陪我、安慰我；朋友們沒有一個是空手來的，有的送名貴的鮮花，有的送鷄湯、餃子、餛飩，他們都用熱水瓶盛著，不讓護士小姐知道；也有半夜裏從後門偷偷地進來看我的，這就是懿宗和嘉惠夫婦。

總之，朋友們對我太好了，有遠從臺灣來的邵先生、張明、海音、孟瑤，她們來時，我已經能夠坐起來了，這次的病，是我有生以來躺在床上四個多月最長的一次，到現在七個多月了，我能單獨扶杖上街，算是很幸運了。

在這裏，我要感謝世界日報的記者余愉小姐，和好友黃和英女士，要不是她們兩位把我開刀的消息洩露，不會有這麼多朋友知道的，我一面萬分感謝她們，一面也怪她們不該驚動朋友們的。

對我來說，今年是我最不痛快、最失望的一年，沒有出過一本書，沒有寫過一篇像樣的文章，一年的光陰，就在病中度過了；但我也做了一件小事，看了許多自由大同盟的應徵佳作，大家認爲只有三民主義，才能解救大陸十億苦難的同胞。雖然我的眼睛有點疲累；可是精神上是很高興的！

朋友，要寫的話，還有很多很多，只是不爭氣的眼睛又在流淚了，再談吧，祝福

國運昌隆，大家健康幸福。

七十三年一月十日

拜個晚年

親愛的朋友們：

今天是七十四年（一九八五）一月十八日，我第一次寫信給大家拜個晚年。我的故鄉有一句俗話：「有心拜端午，六月不爲遲。」何況我們的農曆年還差一個多月，我這信如果等那時才發表，就並不算晚了。

朋友，祝福大家新春納福，人人快樂；更祝福我們的國家，富強康樂，青天白日的陽光，照耀著整個大陸。

朋友，去年的雙十國慶，是我來美十餘年，第一次過得那麼快樂，那麼興奮的！原來那天上午十一點半鐘，我們所有舊金山的中國同胞，在我國駐美辦事處和總商會領導之下，在市太克登 Stackton 的勝利堂前，第一次舉行莊嚴肅穆的升旗典禮。當我們的國旗，在屋頂的桅桿上冉冉上升的時候，大家的眼睛翹首仰望著它，懷著滿腔興奮的心情，嘴角露出愉快的微笑，我的眼裏飽含著感動的淚水，隨著司儀的「向國旗行最敬禮，一鞠躬……再鞠躬」隨即唱國歌、國旗歌。參加的人羣和看熱鬧的人羣越來越多了，交通雖沒有斷，可是一時擁擠到水洩不通的地步。

朋友，你們看到這裏，一定也像我們那天一樣地愉快興奮吧？

那天參加升旗典禮和慶祝會的羣衆，有扶著拐杖來的老先生、老太太，有推著車子、抱著孩子的主婦，活潑的兒童、學生。晚上，雖然是大雨傾盆，參加遊行的隊伍，每人全身都是濕漉漉的，那條美麗的長龍，和穿著古裝的女同學們都淋濕了；但誰也沒有埋怨，沒有中途離開隊伍的。我站在柏思域街的旁邊，週身也濕透了；但我的心正在跳動，我的血液正在沸騰，我也跟隨著遊行的青年們大聲叫著：「三民主義萬歲，中華民國萬歲，萬萬歲！」

朋友，為什麼我要把去年國慶的事，留到今年才告訴你們呢？本來在十月十一、二號，就想寫篇文章寄回臺北發表的，只因那晚淋雨受寒，傷風一個多星期，後來眼睛又常流淚，從那時到現在，我沒有寫過文章。朋友，去年是我最不幸的一年，一月十三號，又逢星期五，是西人最忌諱的不祥日子，我在公共汽車上，跌傷了左腿，躺在床上呻吟一個半月才好。海音和瘂弦兩友，還來床前慰問過我，張明也來安慰我說：「我才躺一個半月，就喊受不了，我躺三個多月，怎麼辦呢？」她不知道我有生以來，沒有生過大病，儘管進開刀房九次，受過不知多少痛苦；但我從來沒有躺過半月以上的。這次的受難，是我自己找來的，假如我那天坐在車上不換座位，就不會跌得這麼慘，幸虧沒有腦震盪；否則，我這一生就完蛋了！

朋友，盡說些洩氣話，你們一定厭煩了，那麼告訴您三件常常關心我的事情：

「我在日本」出版了；「小讀者與我」，也是去年十一月發行的。因爲我對這本兩百八十頁，印有一百二十多位小朋友之相片，和他們的書信、文章的書，我特別重視，希望免費贈送每一位小朋友，讓他們永遠保存。當他們長大，到了三、四十歲的時候，成了名人：文學家、藝術家、軍事家、政治家……或者當了總統以後，這本書就更值得珍藏，更有意義，更有價值了！臺北沒有機會給我出版，使我大失所望；幸虧香港的朱浩然先生，不惜成本高，把這本書印得既美麗、又精緻，從封面到內容，無一不使人看了稱讚。我本來的目的，在於鼓勵海內外的小讀者，從小愛說中國話、寫中國字、讀中國書，進而長大了，研究中華民族文化，使它發揚光大於整個世界。

最後一個消息，是拙作「女兵自傳」法文本，在今春快由 Renaud de Rachebrune Rachevignes 公司出版了，譯者是 Marie-Holiman 他的中文名字叫做侯芷明，和我有將近二十年的交情了。她曾在臺灣研究過中文的，中文很流利，法文更不用說了。

親愛的朋友們，收到您們的賀卡和信很久了，我因爲眼睛有病，到今天才謝您們，實在太沒禮貌了，我想朋友們一定會原諒我的。敬祝

愉快！健康！

冰瑩寫於三達露沙　七十四年一月十八日

金山寄語

親愛的朋友們：大家好。

首先我在太平洋的彼岸，向我日夜思念的、在臺灣的親友們祝福：人人健康，事事如意。

每當外子把「天增歲月人增壽，春滿乾坤福滿門」的紅對聯，貼在門上的時候，我就動了鄉愁，想到：「快過農曆年了，我一年一次的賀年書柬，還沒有動筆呢！」於是我想：無論我的眼睛怎麼壞，怎麼流淚，只要我還能拿筆，那怕是幾百字、幾句話，也要寫的。

朋友，去年是我最快樂，也是最煩惱的一年，首先講煩惱：我的雙眼非但一年不如一年，簡直到了一天壞似一天的地步。過去寫一兩千字的文章，就要閉目休息幾分鐘，去年，文章不能寫了，即使和朋友通信，也是簡單的幾句報告平安，他們都知道我的個性「有信必覆」，因此很少來信，他們是愛惜我的眼睛：但他們沒有顧到另一面，我是不接信，心裏更想念大家，更失望更難過的。

我曾經閉目練習橫寫，下面用米突尺擋住，可以勉強寫，也不知是否心理作用，覺得很累、很潦草。我最欽佩錢賓四老先生，我給他去過兩封請安的信，我知道他的眼睛有病，不能寫字，因此特別說明，請錢夫人回我幾個字，沒想到很快收到他老人家的親筆信，我如獲至寶，又高興，又難過！去年還在中央日報副刊上讀到他的「紀念張曉峯吾友」，九十多歲了，文章寫得這麼好，實在難得！

還有曾虛白老先生、雪林大姐，也是老當益壯。虛白先生曾病過住院一次，我寫信給他，聲明請他的家人或學生代書回信，他也是親筆作覆。雪林姐的字，還和二十年前的一樣，那麼小，每次郵簡，都是寫得滿紙密密麻麻，我照例要用放大鏡才能讀。

想想，他們三位的年齡都比我大，又是老眼昏花，還在繼續不斷地寫作，我雖然虛度八十，也要學他們，從此不發牢騷，不向朋友訴苦，更要修菩提，消除煩惱。

其次，報告我的兩件高興的事：

第一，我從九月十七至十月九日，獨自遊歷了一趟加拿大的哈里法克斯（Halifax）、魁北克（Quebec）、多倫多(Toronto)，探視二十多年前，在馬來西亞太平華聯高中教書時的同事，石克剛先生夫婦、校友陳瑞良夫婦，和蔡崇榮夫婦，和好幾位朋友；還去了一趟費城，探視兒孫一家，來回機票，是他們送給我的。最愛旅行的我，能有這個好機會，使我太高興了，希望眼睛能轉好一點，我還想留下一點雪泥鴻爪，寫幾篇遊記，不知能達到目的否？

第二件高興的事，見到了名作家無名氏（卜乃夫先生）。記得民國二十九年，我在華山西峯，寫「在日本獄中」的時候，有人告訴我：無名氏在東峯一個廟裏寫小說（據作者說是寫「塔裏的女人」），那時我很想去拜訪他；可是不敢打擾他的文思；又因自己也想趕快寫完獄中稿，好回西安編「黃河」稿。想不到去年十二月四日，我們在歐陽璜處長假美麗宮飯店，歡迎無名氏的席上見到了，飯後，請他報告在大陸集中營、勞改的生活，以及偷偷地寫稿、寄稿的經過。演講一個多小時，兩桌文藝界、新聞界的朋友，滿臉嚴肅難過的表情，靜靜地聽着。無名氏不但是世界聞名的作家，還特別有演說的天才。有人看見他在洛杉磯講演時，說到傷心處，他自己忍不住哭了，聽衆也有好幾個人跟着哭了；然而他不知道這天坐在他右邊的我，流了三次淚，坐在他左邊的楊俊（弘農）也飽含着淚珠在聽，他的每一句話，每一個聲音，是那麼悲憤、沉痛……他把大陸文革時期，全國民衆受苦受難的生活，敍述得非常詳細，共黨的專制、壓迫、剝削，更說得令人痛恨，爲大陸的同胞傷心。

我眞高興，第二次又聽到無名氏在金龍酒家的宴會上講演，這是一個三百餘位僑胞的大茶會，起初主辦單位請大家先吃茶點，接着由無名氏講演，內容與四日的不同，有關大陸的法律（共黨沒有法律，幹部就是法律，他們指定何人該槍斃就槍斃，誰該坐幾年牢，就坐幾年牢），還有老百姓因饑餓而死，以及自殺者之多的種種慘狀……。

從稿紙上知道我已經寫了一千多字，眼睛流了不少淚，應該結束了；但最後還要報告朋友們最關心外子與我的兩個消息：

伊的心病好了很多，右眼白內障開刀半年多了，現在很好，他能寫很小的字，視力恢復到三十歲；左眼本月十日施手術，又要經過半年以後，才能復元；至於我的眼睛，仍然長倒睫毛，每月請大夫拔一次，曾經開過兩次刀，也電療過，中醫也看過，仍然無藥可以治好不流淚的毛病；倒是兩條腿很強壯，右腿第二次手術非常好，如今一點不痛，出門不用吃止痛藥，左腿骨裂之後，躺了一個半月，如今也好了。

朋友，謝謝你們的關懷、掛念，雖然去年我沒有寫文章，承香港的互助出版社朱浩然先生出版了「小讀者與我」，大乘精舍的樂崇輝居士，爲我再版了「觀音蓮」和「善光公主」。有了這三本書，勉強可以對得起海內外的小朋友了。

親愛的朋友們，再見。祝福我們的

國運昌隆，同胞康樂，各位闔府吉祥，新春納福。

謝冰瑩於金山　中華民國七十五年二月三日

懷念與祝福

親愛的朋友們：

又到了我給大家拜年，說「恭賀新喜，萬事如意」的時候，內心充滿了喜悅、興奮，想你們一定猜不到我寫此信，是在什麼時候——晚上五點吧？

我記不清第一封信是從那年開始的，只記得我常常做夢到金門、馬祖、澎湖、阿里山、日月潭……一帶去玩，特別是金門，我曾經和婦協、文協的文友們到過三次，如今我雖然八十二歲了，一雙斷腿，扶着拐杖，還想回臺灣、回去金門看看阿兵「弟」、阿兵「妹」他們。我每到快過年的時候，特別想臺灣——我的第二故鄉。算一算，我離開臺灣十年了，天天想回來，只因病「夫」的緣故，一天也不能離開，我的痛苦，只能藏在心的深處，沒有人了解，更沒有人能夠分擔我的憂愁。

朋友，請原諒我，一開始就只管發牢騷，未免太自私，太不懂禮貌了，那有在過年的時候，不說些高興、吉利的話，只管自己訴苦的？親愛的朋友，原諒我吧。

老實說，我們住在舊金山，和在臺北差不多，每逢週末、星期日、放假日，那些住在四鄉的僑胞，開了他們的車子，一家大小來到中國城，把他們養的鷄鴨，種的蔬菜水果，擺在馬路兩邊做生意，擠得水洩不通，這兩年來，中國同胞從各地來的越來越多了，聽到各國各省的方言，簡直進了聯合國，其中最多的是說廣東話。

每週我最快樂的時間，是星期天從十點到十二點，是臺灣三家電視公司聯合演出的一週新聞，和其他的歌舞、電視劇、傅培梅女士的烹飪表演等等；還有平時的國語教學，以及這裏的三家電視播放的新聞、電視劇。儘管我聽不懂廣東話；但多看看自己本國人的面孔，總是舒服的。

今年有兩件大喜事，胡秀先生兩次率領臺灣文化訪問團來美，第一次是畫家多，作家少；第二次是作家多於畫家。我見到了十多年只通信的幾位老朋友、新朋友，眞高興得流淚，說不出話來。唉！可惜時間太短了！只有兩三個小時的相聚，萬語千言，眞不知從何說起。最高興的一件事，感謝青溪文藝學會的朋友們來，促成我們這裏的北美新文藝協會成立，此後臺美文藝界朋友的感情交流、作品交換發表（洛杉磯、紐約各地都有文藝組織及各種活動）。眼看着我們燦爛芬芳的文藝和美術之鮮花，就要開放在美國的新大陸了！從此我們的責任加重了，朋友，我們都攜起手來，共同努力來耕耘這塊肥沃的藝術園地；臺灣有這麼多作家、畫家、戲劇家、音樂家，希望多出國外訪問，時間至少一週；否則一天、兩天走馬看花，一無所得，徒勞往返，太可惜了！

朋友，話是說不完的，以後也許有機會再談。

祝福大家闔府新年愉快，萬事如意！

謝冰瑩敬寫於七十六年十二月十八日

春天的祝福

親愛的朋友們：

大家好！

當去年十二月八、九兩日，在少年中國晨報和世界日報，看到臺灣青溪新文藝學會訪問團，將於十二號抵金山，此間文藝界，將在中國城華僑文敎服務處，舉行盛大歡迎會時，我高興得失眠！我看了名單，有三分之一是我的朋友；尤其團長是呼嘯先生，我想今年我的賀年信，可親自交給他，並非省四角四（過重要加倍）而是安全可靠，我不用擔心，在每年十二月聖誕卡最多的時候，常有遺失信件的可能，於是趁着心情最愉快，最興奮的時候，想爬起來開一次夜車；可恨不爭氣的眼睛，還沒有動筆，她就流淚了，只好仍然躺下。

朋友，我一開始，就說些令你們掃興的話，實在不應該，我是老糊塗了！

離開臺灣十年了，三千六百五十個日子，至少有三分之二，我每天都在想臺灣，聽到朋友說要回臺灣，我就羨慕萬分，同時總要說一句：「有人問起我時，請千萬不要忘了我向他們問好；同時請告訴她們，明年我就要回來了。」

誰知一年拖一年，很快就是十年！見到青溪新文藝學會的許多朋友，眞有高興得說不出話來的感覺；可惜使我失望的是方祖燊、黃麗貞、鄭向恆幾位師大校友，在韓國沒有來；但我安慰自己：「沒關係，明年我就要回臺灣了！」

今年我眞的想回臺灣了，不過，能不能實現？什麼時候達到我的心願，還是個未知數。

朋友，嚕嗦了半天，我還沒有向你們大家祝福和道歉。

過去十五年來，我寫給你們的信，最晚也不出正月元宵，今年可太對不住了，今天已是二月十六了，又逢美國的總統紀念日，全國放公假，郵局不收信，我要到明天才能去中國城，送到呼嘯先生手裏與朋友見面時，恐怕正月早就過完了。

朋友，儘管我有三年多沒有寫文章，沒有出書，我很難過；但是看到我們的國家一年比一年強盛，正像春天的花木欣欣向榮，凡是從臺灣回來的朋友，都異口同聲地說：「臺灣的繁榮，是你想像不到的，那些高樓大廈，固然可以和任何國家相比，主要是文化水準提高，生活更加富裕，有少數富商在大酒樓、大飯店請客，動不動就數以萬計，的確太奢侈了！」

還有，另外一位朋友說，有些青年男女非常崇洋，他們喜歡吃洋餐、喝洋酒、穿洋裝，一切洋化。自從「三明治」、「漢堡」到了臺灣之後，燒餅、油條和饅頭，他們就不屑一顧了；最令家長擔心的，是青年男女的戀愛問題，他們有一小部分還整夜沉緬在地下舞廳裏……

朋友，眞像他們所說的嗎？我懷疑；但又不能不相信，因爲說話的朋友，絕對不會造謠，對於自己最愛的國家，任何人都會把國當做自己的家，把全國同胞，看成自己的兄弟姊妹，把青少年的男女，看成自己的子弟，怎忍心寃枉他們，故意說他們不像二十年前那麼孝親、敬師，友愛弟妹同學，謹守家規、校規，努力勤勉向學呢？俗語說：「學好要三年，學壞只要三天」，這是眞的，從每個星期天，十點到十二點是臺灣三大電視臺的聯播節目，除了特別事故，我不在家，或者到別處旅行去了，我無論如何不放過這些珍貴的節目，看到明星們的服裝、電影、奇裝異服、大胆表演可知世界潮流是向前進步的，我們不能拿老頑固的眼光去批評，甚至罵他們。我們要向好的方面看，舉個例子來說：去年世界諾貝爾獎的得主李遠哲博士，他回到臺灣，眞是轟動了全國，這麼多年來，我們只有人做夢想得諾貝爾獎，沒有眞才實學，沒有對整個世界有特殊貢獻的人，怎能輕易得到這崇高偉大的榮譽呢？我曾經細細地讀過李博士在臺灣每一次的講演，特別是對青年學生詳述他在中學、大學讀書的經過，是那麼句句說眞話、誠懇、謙虛、坦白，沒有絲毫虛榮心，他是爲科學而研究，決不是爲名利而用功，我相信他這次回去，非但使他的全家全族得到最高的安慰和榮譽，也是我們國家的最大光榮；更會作全國青年的模範，說不定將來，我國還有第二個、第三個諾貝爾獎的得主，也屬於我國呢？

再舉個例子：不論在那一國留學的中國學生，都佔優勢，成績幾乎都在前茅，據聽說美國的大學，要限制招收中國留學生了，因爲來的人數太多，又都是搶他們的名次，如果眞的實行，未免太不像一個泱泱大國的風度了，非但小氣得令人發笑，而且太說不通了！哪裏有別人成績好，而不許入學的，普通一般情形，只有淘汰成績差，行爲不好的學生，絕對沒有禁止好學生踏進學校之門了。

朋友，我的話越扯越遠了，我是在和你們聊天。寫到這裏，暫時休息一下，跑去看信，想不到那位美國郵差遞給我厚厚的一疊報紙雜誌和信件，其中有七封是臺灣的來信，先打開子培的，裏面有雪林一封，密密麻麻的字跡，還是和二十年前一樣，她告訴我已過九十，她說：「生理上老態畢露，頭腦尚算清晰，還能寫點小文。」其實最近我讀她的發表在中國婦女上面的幾篇文章，有老當益壯的趨勢，我爲她高興，更爲她慶賀。

前幾天，收到錢賓四老先生的夫人胡美琦女士覆我的信說，錢老先生的眼睛，比過去好些了；還有曾老先生虛白，也正在從事長篇寫作，其他的朋友，也有日見健康的現象，這是很好的消息，想大家聽了，都會替三位老先生高興的。

朋友，本來還想寫點讓大家輕鬆一笑的事，但沒有精神了。

方才繁露來電話，她說前年她爲「青年日報」寫過七千多字的文章，去年想寫，只寫了三頁信紙，如今還保存在抽屜裏，前次見到呼嘯，她很不好意思，今年在青年節前，一定寫完寄去，要我也寫一篇，我不敢許願，還是今天完成這封信，我馬上要去中國城郵寄了。

敬祝

所有的朋友們闔府安康，年年如意。

七十六年三月五日

海外寄英英

怎樣解除愛的煩惱？

英英：

謝謝你十一月二十五日的來信。

昨夜我爲你又失眠了，你看了這個「又」字，當然了解我是常常爲你失眠的。記得當我年輕的時候，我最喜歡失眠，爲什麼？因爲一天可當兩天用，我寫「青年王國材」的時候，日夜不停地寫，不知道在那時我的身體和精神怎麼那樣好，不知道什麼叫做疲倦？一個有趣的記憶，永遠存在我的腦海中，不知曾否告訴過你？

一天晚上，也許是夜以繼日寫了五、六天，不知不覺地睡著了，左手裏還握著半個沒有吃完的小麵包，不知是一隻還是兩隻老鼠跑來，搶走了麵包，弄倒了墨水瓶，把我寫的二十多張稿紙（一萬多字呀！），全部染藍了，我醒來一看，氣個半死；但有什麼辦法呢？除了重抄一遍，還有什麼辦法補救呢？

過去我喜歡失眠，是爲的可以把晚上的時間當做白天用；英英，而現在你當然知道我爲什麼失眠？是你信中談到愛情的問題，我爲你躭心，爲你嘆息！爲你……唉！你是個秀外慧中的好女孩，你的熱情如火，你有一顆善良、慈悲的心，有聰明的腦子，處處替別人著想，你在幼年、少年時代，受盡了生活的折磨，一個體弱多病的少女，要負擔一家四口的生活，英英，你的負擔太重，你太苦了！

過去的事且不去談它，要緊的是現在的問題：怎樣處理你的感情？

我已經不止一次告訴過你，請你在看拙作綠窗寄語中的「戀愛與結婚」、「失戀了怎麼辦？」、「把感情武裝起來！」幾篇，就可以知道我對於處理愛情的方法了。

我不相信一個人的理智，克服不了感情，我不相信愛情能治百病，愛情可以代替一切生活必需品；更不相信愛情能夠起死回生……總之，我不相信愛情萬能。

也許我這些話，在你聽來，一定不能入耳，你會說：「當然啦，你老了，你講戀愛的時候早已過去了半個世紀，當然你不會重視愛情，更不需愛來滋潤你的心田，因爲你擁有了丈夫、兒女和孫子的愛。」

不錯，那個少女作夢的時代，那個寫「血潮」（請參閱女兵自傳中的「血潮」）的時代，離我遠去了；但你可曾知道我是怎樣從感情的網裏衝出來的？我好比一條僵死在繭中的蠶，我吐完了絲，已經盡了我的責任；但我要重生，我要培植我下一代的生命；所以用力咬破了那曾經是我自己用吐出來的絲，一層層緊緊地縛住了自己的繭裏飛出來，於是我重生，我又有了新的生命了！

親愛的英英，我可憐的孩子，你是個聰明人，你當然理解我所說的話，這些「陳年故事」，這些不入耳的老話，你現在聽來，一定很煩，以爲我沒有抓到你的癢處；可是我實在是對症下藥，「釜底抽薪」。

也許有人會笑我唱高調，也許你會說：「這些話，我不知聽過多少遍了。」不錯，禮運大同篇裏面的「老吾老，以及人之老；幼吾幼，以及人之幼，」不是唱了兩千多年的歌嗎？不過那時是說，不是唱，現在我們經常在電視上可以聽到這歌聲。英英，你想想你來到這世界上，難道是專爲一個人的愛情嗎？對方不能愛你，自有他的苦衷，你難道不設身處地替「他」想一想？你的前途，只有一條；你如果眞的不能移情別戀，情願終身不結婚，那也很好；但你不應該整天在痛苦中煎熬，你要把感情武裝起來，努力工作，努力讀書、寫作。你的文字那麼流利，爲什麼不把你的身受愛情的磨折，詳詳細細地寫出來，那是血與淚結成的作品，不雜一絲虛僞，不是作家筆下的小說、故事，而是你眞實的愛情紀錄。英英，我請求你從現在開始，把你的日記公開，把你內心的秘密和隱痛寫出來。我眞佩服你和他兩人都是那麼善良、那麼慈悲，不「願」也不「忍」傷害第三者——「她」。如果我是「她」的話，我願意自己犧牲，成全你們；不過你也願意犧牲自己，成全他們。

唉！這問題將來究竟如何解決？如何發展下去？只有你們三個人自己知道，所謂解鈴還是繫鈴人，我不願在此嚕囌了。

昨天我去看一位呻吟在病榻上的朋友，從枕頭下面掏出一份禮物送給我，打開一看，是一個石膏製的赤身嬰兒和一個白髮飄飄的老翁，我放在手掌裏端詳了很久，一句話也說不出來，她說：

「你的感慨我知道，因爲我早就有這樣的心電感應了，我相信你會和我一樣難過的。」

「唉！人生，人生，從生到死，短短的數十年，實在太快了！」

我帶著無限感慨地說。

「你還年輕，至少有十年可以活，我呢？已到了日落西山的時候，謝謝你今天來看我，說不定明天就要和你『再見』了！」

英英，這是千眞萬確的事實，我一夜失眠，固然大半爲你，小半也爲她，今早七點我給她電話，她還是好好的，我放心了。

和你的信同時收到的，還有柴世彝先生的信，他說已看到我給明道編者的信，希望不久能看到我的文章。感謝失眠，使我四點多起來，一氣呵成寫完這封信，希望對你和一些還在爲愛情苦惱的青年朋友們有一點什麼幫助。

我的眼睛又在流淚了，頭也開始痛了，很久沒有寫文章，只好草草結束這信。

祝福你和本刊的編者、讀者：

新年快樂

萬事如意

冰瑩　六十五年十二月五日清晨於金山

移情別戀

親愛的英英：

萬分感謝你的相片與賀卡。

看了相片，我又高興又難過。高興的是：你長得更美更豐滿了，你不像我們初見面時那麼瘦、那麼憔悴；難過的是：你還沒有逃出情感之網。你不給我來信，不把內心的隱秘告訴我，我了解你的苦衷，你不是像我這種性格的人，遇到知己，就會毫無保留地把心裏要說的話，統統傾吐出來：你是個深藏不露的人，寧可悶死在肚裏，也絕不讓別人知道你的心事。英英，你太苦了，我們的忘年交情，難道還不到「知己」的地步嗎？

昨天下午三點，我又去拔牙了，英英，還記得三年前我在新生南路蕭大夫那裏，拔掉三顆牙，是你陪伴我的，當我打過痲醉針後，蕭大夫開始拔牙，你就像一個母親安慰孩子似的說：

「老師，不要難過，不要怕痛，一會兒就好了。」

其實我並不痛，因爲蕭大夫在打痲醉針之前，已上了痲醉藥，再經過注射痲醉藥水，整個嘴唇都痲木了，所以一點也不感覺痛。

整整地將近兩小時，你陪伴著我，安慰我，爲我雇了計程車回到家，你給我擠橘子汁、沖牛奶、煮稀飯，直到晚上十點多你才回家。

我躭心你回去會挨罵，因爲你在外面的時間太久，令堂也許誤會你找男朋友去了，唉！世界上不知有多少事是被人誤會的呵！

來美後，這是第三次拔牙，第一次，是一個美國老醫生，他的痲醉針剛打下，馬上用鉗子動手拔，痛得我眼淚雙流，大哭大嚷，他不顧我的死活，終於拔掉，不！終於拔斷了，還有好長一截埋在肉裏，直到昨天劉翰饒大夫才把它用力拔出來。劉大夫是從臺灣來的，他的哥哥翰星是師大校友，我曾敎過他一年國文，現在香港敎書，已有一男三女。

劉大夫的手術很好，拔時一點不痛，半小時後就止血了，因爲拔牙而特別想念你，所以今天一大早起來，就給你寫這封信。

親愛的英英，想你此時已看到我的第一封信了，我不知道你是罵我、恨我，還是認爲我說得對，你可以全部或一部分接受我的勸告。不管你對我所說的，採取甚麼態度，你要相信我的出發點是善意的，絕沒有絲毫惡意。我一輩子對朋友都是忠實的，我不會迎合人家心理，說些使對方聽了高興、舒服的話，自古以來，都有不少「忠言逆耳」的例子，英英，我相信你不是那種人，你會知道良藥苦口是有利於病的。

你看了題目，也許大爲驚訝，以爲我要你另外去愛一個異性朋友，你如果這樣猜就錯了！你一定還記得我曾對你說過好幾次，戀愛結婚只是人生的一部分，而不是人生的全部，我相信誰也會承認這兩句話。在這世界上眞正幸福的婚姻，固然不少；但是仔細調查，就知道「家家有本難念的經」，那對夫妻不吵架？其中遇到某一方能忍耐，就會大事化小，小事化無；倘若雙方的性格都是堅強的、固執的、自以爲是、各持己見，那麼非但沒有和好的一天；而且會各走極端，到最後終於分手。這種例子，社會上處處可以看見，不用我重述了。

英英，我現在請你「移情別戀」，是將你的心分出一部分來從事看佛經、寫文章、繪畫、學鋼琴；因爲你有這多方面的天才，當我第一次收到你的信時，我就斷定你是個非常聰明，感情豐富的女孩，及到見面深談，以後又在你的臥室看到你房間的佈置，以及滿桌滿架的書，就斷定你是個書呆子，你愛文藝、愛藝術，你的鋼琴彈得那麼好，爲什麼不繼續深造？你的文字那麼優美流利，爲什麼不把內心的情感，發抒出來？你儘可用第三人稱寫，把男女主角的家庭背景，寫成完全與你不同的；千萬不要用第一人稱，以免讀者一看，就以爲是你自己的故事。我過去用第一人稱寫「家書」、「離婚」，和其他許多短篇小說，讀者誤會是描寫我自己，現在我不敢用第一人稱了。其實，初學寫小說的人，用書信、日記體裁，用第一人稱寫，都是最容易入門，而又很受讀者歡迎的。

英英，親愛的好孩子，你的感情太豐富，假若不移情於文學、藝術、宗教各方面，你的苦痛只有愈陷愈深，到最後痛苦得無法解脫時，只有走上絕路，或者出家，或者永遠不嫁。我說句老實話，除了第一條路，我堅決反對外，第二條路也不希望你走，因爲你太年輕，而且有了宗教信仰，不一定出家當尼姑，做修女；倒是第三條路，過去我反對，現在我的思想改變了，我看過許多不結婚或離婚的女子中有些是我的朋友，她們都把全副精力貢獻在事業、學問、寫作、藝術各方面，並沒有什麼不好；也許在旁觀者看來，以爲她們一定很痛苦、很寂寞、很凄涼；而他們本人卻自有她的快樂，她的安慰，這是非局外人所能了解的。

從昨天中午到現在，我只喝過一杯橘子汁、兩杯牛奶，肚子在開始唱空城計了，我要煮點粥充飢。

英英，我不多寫了，望你給我來封長信，我會爲你保密的，請相信我，我決不會把你的信給第三者看到的。祝你

堅強！

冰瑩　六十六年一月九日於金山

盲戀的悲哀

親愛的英英：

收到你一月二十號來信，一個多月了，還沒有給你回信，你一定在盼望，英英，我對不起你！過去，總是接信不出十天半月，一定回信的，近來我實在太忙，心情太壞，你一定猜不出爲什麼？原來又是爲了一個女孩子的戀愛問題。

首先我要向你們道賀，你們都有堅強的意志，居然眞的用理智克服了情感。你們像兄妹一般，一同學畫，一同學音樂，你學鋼琴，他學小提琴，英英，太好了！我早就對你說過，解鈴還需繫鈴人，你們的痛苦，只有當事人才能解決，別人是無能爲力的。你們千萬要永遠保持這種純潔的感情，萬一有一天，英英遇着一位像他一樣英俊、一樣溫柔體貼、一樣有大勇大志，而心地善良的男孩子，他應該鼓勵你去愛那個也許是未來的「妹夫」，不應該有絲毫醋意，更不應該嫉妬，破壞你們的好事；在你這一方面，要視他的太太爲你的親嫂子，你是她的小姑，完全以骨肉至親相愛，那就不會有痛苦了。

英英，這是個大問題，假如理智不能駕馭情感，意志不堅定，情感裡面，夾着「自私」的成份，那就無法實現這個至高無上，純潔無疵的理想了。

現在我要告訴你另一個女孩爲愛受苦、受難、受折磨，日夜在生死邊緣上掙扎的故事：

吳玲玲是一個美麗溫柔、心地善良、有文學天才、好學上進的女青年。爲了求學，她曾經和她思想守舊的父親奮鬪過，父親認爲女孩讀完中學已經很夠了，反正嫁丈夫、生兒女、做飯洗衣，用不着上大學，更無須出洋；但玲玲有她的抱負。她從讀小學開始，就愛上了文學，她有志從事寫作，歷盡千辛萬苦來到加州，進了一個理想的大學，從此她可以按照她的目標一步步走去；可是這學校是自費的，她沒有獎學金，只好半工半讀。她的身體本來很弱，現在工作和學業兩副擔子橫在肩上，每天吃的東西只夠半飽，根本談不上營養，這麼一來，病魔經常侵襲她，看醫生吃藥的費用，幾乎佔去了她工錢的一半；其實，這還不是她最難解決的問題，最大、最使她活不下去的一個大原因，是她愛上了一個男孩，這是她的「初戀」，過去，曾有好幾個男孩追求過她，她絲毫不動心。這次她像茱麗葉遇到羅蜜歐似的那麼盲目地、一見傾心地愛上了他；而對方也是相見恨晚，對她採取攻勢：打電話、拜訪、請吃飯、送聖誕禮物……正在玲玲開始做好夢的時候，晴天一聲霹靂，玲玲掉在深坑裏了！原來那男的，早已有了愛人。照理，他既有了對象，就不應該再去追求玲玲的；可是自私的他，眼見玲玲比他過去認識的那位女友又漂亮、又有學問、又溫柔，他想改變目標，向玲玲採取攻勢；誰知那女孩很有手腕，她動員她的父母和男方的父母們，希望很快先訂婚，然後擇日成親。這麼一來，玲玲一個人自然敵不過她，於是她失戀了！

唉！失戀後的玲玲，簡直瘦得不像人，說得過火一點，眞的只有皮包骨，白天不思茶飯，晚上整夜失眠，半年下來，她病倒了，曾經兩次心臟病發作，幾乎有生命危險。躺在醫院裡，在神志迷糊中，她叫着那男孩的名字，於是她的朋友從她的通信錄中，找到那男孩的電話和地址，立刻撥了個電話給他，他回答說：「不會病得這麼厲害吧？如果眞的病了，她自己爲什麼不給我電話呢？」

「她病得這麼厲害，怎麼能夠給你電話？」玲玲的女友生氣了！

「我不相信！」

只這麼一句回答，就夠使玲玲傷心絕望了！

現在，我勸玲玲的話，不知說了多少，她就是不聽，她說：

「老師，您的好意，我深深感謝；但我無法接受，這是我的初戀，也是我最後的戀愛。我的腦子裡、心坎裡，無時無刻不浮現着他的影子，無時無刻不在想他，我無法忘記他，除非我死！老師，請您原諒我沒有聽您的勸告，在我最痛苦的時候，我眞想跳金門橋自殺。」「眞沒出息，虧你還是個讀碩士的留學生！天下男人都死光了，你也犯不着去愛一個負心的人。他既然對你沒有眞情，你爲他害相思病，成了這個樣子，他非但不來看們，還在電話裏表示不相信你病了，眞是豈有此理！你這自作多情的可憐孩子，我恨不得痛駡你一場，從此我不理你了！」

儘管我勸她，她都把我一番好意當做耳邊風，一點不發生效力！現在我已經下了決心，再也不替她躭憂，死活都由她了。

英英，你看完了這個故事，有什麼感想？你是贊成她這麼執迷不悟下去，還是回頭是岸呢？你贊成她將自己寶貴的生命爲一個並不了解她、不能和她結合的人犧牲嗎？我認爲她的戀愛，根本是盲戀，因爲她並不認識對方，只憑着第一次的印象好，完全不用理智去觀察對方，了解對方，研究對方的家庭背景、他的性情和品格、他的思想和抱負，英英，假如你處在玲玲的地位，應該如何處理這件事呢？請你老實地告訴我。

眼睛又要開第二次刀了，今天就寫到這裡爲止。

遙祝你們

健康愉快！

冰瑩　六十六年三月十三日於金山

玲玲受傷了

英英：

前天收到你三月十五日來信，昨天又收到你的信和字，是二月二十四日付郵的，同是航空，為什麼先付郵二十一天反而後到呢？我眞不懂。以後請你不要用那麼大的袋子寄，太費郵票了，你把它摺得小小的，放在航空信封裡多貼十元郵票就行。

英英，你叫我們猜哪兩張是你寫的，哪兩張是俊寫的，我們一看就知那編號⑴⑶的是你的字，⑵⑷是俊的對不對？英英，你們兩人的字都寫得好；但伊說你的字比俊的更有力，更老練，你聽了一定很高興（俊不要吃醋呀！）。過去，當你沉醉在愛河裡的時候，你是無心寫字、學畫、學琴的，如今有我和他在鼓勵你，你才打起精神來「移情別戀」，英英，我祝你成功，前途光明。

今天要告訴你一個關於玲玲不好的消息，她受傷了！我在給你的第三封信裡，不是告訴過你關於她「盲戀」的故事嗎？可憐她太純潔，太天眞了！她說什麼也不接受我的忠告，當她的生命從死神手裡奪回來之後，她並沒有死心，仍然熱愛着那個男孩，她不相信過去曾愛過她的人會變心，她要抱病去看他。

到了那裡，那男孩出去了，直等到晚上九點多才回來。在這段長時間裡，玲玲坐在他的門口等著，等著，又餓又冷，心裡又煩又著急；好不容易見到他回來，玲玲熱情地迎上去，誰知對方是那麼冷冰冰地問著：

「你來幹什麼？」

「我……」

玲玲傷心得說不出話來了！但她還有理智，還能鎭靜，稍停，再說：

「我來看你，怎麼？你不高興嗎？」

「你走吧，快點離開，我是不歡迎你的！」

「啊？………」

唉！英英，你一定不相信那人面獸心的男孩，竟是這麼狠心的，他將玲玲用力一推，頭撞在一棵大樹上，她的脖子和手就這麼受傷了。

如果照一般常情來推斷，他卽使不愛玲玲了——因爲他早已有了另外一個女人，怕玲玲去糾纏他，增加他的麻煩，那麼他可以好好地對玲玲說明白，請她以後不要再來，怎麼可以動武呢？

後來，玲玲掙扎者站起來又摔倒了，腿上摔得靑一塊，紫一塊，她這時完全忘記了皮肉之痛，因爲她的心已經碎了！她的心在流血，她請求那男的開門，讓她進去休息一下，喝一口水再走；可是那狠心的他，竟緊關着門，儘管玲玲叫破了喉嚨，也充耳不聞。玲玲這才覺醒，認淸了他的眞面目，才連走帶爬地，一個人慢慢地，在冷淸淸的馬路上，找到了一個電話亭，打了個電話給她的朋友，請她開車來接，她就坐在電話亭旁邊的地上等著。

故事暫時說到這裡爲止，昨天我已去看過她，她剛從醫院回來，照了五張X光，她說幸虧骨頭沒有斷；但是脖子扭傷了筋，不能轉動，不知要哪一天才能恢復。

「那個可惡的傢伙，你還愛他嗎？」

我望者玲玲滿臉的憔悴，和傷痕纍纍的手臂問。

「也許這是我前世欠他的孽債，我沒有話說，朋友要我憑傷單去法院告他傷害，我想不必了。」

唉！可憐的玲玲，她竟這麼懦弱，這麼善良，這麼忍辱含悲；我替她難過，替她不平，如果我是個法官，至少要判那個傢伙一年半載的有期徒刑。

寫到這裏，我有無限的感慨：一個青年人，不論男女，當他們在對異性發生愛的時候，千萬不可一往情深，認爲對方是世上唯一最可愛的偶像，可以付託終身；因爲人心隔肚皮，你從外表是看不出他內心的善惡，你要用理智仔細觀察他，經過相當長久的時間考驗他。當你認識他的眞面目以後，是好人就和他交往，甚至由好朋友而戀愛，是壞人，就立刻敬而遠之。像玲玲這可憐的孩子，眞是太傻、太天眞了，她受了騙還不知道，還以爲那男孩會拋棄那個女孩，轉移目標愛她，卻沒想到那人是個玩弄女人的情場老手，他對玲玲根本沒有眞情，可憐玲玲還在自作多情，自我陶醉，甚至說出這樣的話：「不論他壞到什麼程度，我還是愛他，願意爲他終身不嫁。」

英英，你認爲她的話對嗎？她爲這種人面獸心的傢伙，而忍辱犧牲一生，是值得嗎？

本來我不想將這件事告訴你，但伍天眞小姐也要將這個題材寫成長篇小說，這是個值得青年（特別是女性）重視的問題，如果男女之間，沒有眞正的友情、眞正的愛情，更沒有道義，完全站在自私的立場上，玩弄愛情，遊戲人間，這種人不論男女，都是敗類，都是害羣之馬，我們應該揭開他的眞面目，使別人不再上他的當；同時讓他的人格掃地，名譽破產。

今年加州西部缺水，農作物大受影響，報紙上經常呼籲大家節約用水；並說要採取香港天旱時的辦法，一星期規定幾天，一天規定幾小時供應水。美洲佛教會和金山寺的男女法師及居士們，曾在金門公園念經求雨，報紙電視都在宣傳，第二天果然下起大雨來了，後來又連續下了幾天雨。今天是周末，艷陽高照，溫暖如臺灣初夏。有朋友在電話中問我：「這麼好天氣，你爲什麼不出去散散步？」

「我要寫信給英英。」我回答他。

英英，爲了你按時回我的信，我高興極了，此後，我更要多給你寫信，因爲我已收到好幾封朋友來信，有從香港、印尼、馬來亞、馬尼拉寄來的，他們都看到了明道文藝，我想儘可能繼續寫下去，希望腦子不糊塗就好了。祝你

愉快，進步！

請代我問候俊好

冰瑩　六十六年三月二十六日於金山

金山點滴

親愛的英英：

收到你和俊的來信，沒有月日，可以看出你們的心情最近又有變動了，這也難怪，信末不寫年、月、日有四種可能：一、由於太匆忙，忘記寫。二、心裏太高興或者太煩悶時，根本忘記了年月日。三、由於粗心大意。四、根本不重視它。

其實一封信，除了收信人和寫信人的稱謂、信中的內容而外，最重要者還是寫信的時間。不知有多少重要資料，爲了時間和地點問題不清楚，考證起來，費盡了作者的心思。固然，我們之間的通信，不會有什麼重要資科，値得保存和研究的；但我總覺得一個人應該養成一種好習慣，信寫完了，加上年、月、日是應該的，過去我也懶得寫年，只有月、日；後來我研究中外作家的作品時，發現中國作家很少有年譜，甚至他是何年、何月、何日生在什麼地方？眞姓名是什麼？都弄不清楚；而研究外國作家就比較容易了，舉個例子來說，他們的信件，一定在信紙的右上角寫月、日、年，和我們的年、月、日順序是不同的。他們的出生地和名字、家庭狀況，也寫得淸淸楚楚。英英，眞對不起，只因你來信，常常忘了寫日子，我嚕哩嚕囌說了一大堆，浪費了明道寶貴的篇幅，眞不應該；可是假如你看了這信之後，從此不再有那個毛病，那我就高興了！

人的感情，也像海潮一樣，有時漲，有時落，有高潮，也有低潮。青年人的感情，是起伏不定的，容易激動，也容易衝動。所謂血氣方剛的人，是很容易路見不平，拔刀相助的，當然，這是好的現象；但也有壞的時候。很不幸的，今年過了不到三分之一，而中國城一連發生了二十幾件持刀槍搶刼、殺人的事。這些犯罪的人，多半是十三、四歲到二十二、三的青少年，他們正是黃金時代，爲什麼會走上這條損人利己之路？現在我並不想分析他們犯罪的原因，我只想告訴你們一些在海外看到的形形色色，也許你會驚訝，爲什麼人心是這麼可怕的？難道眞是荀子所說的人性本來就是惡的嗎？

有一個年紀過了二十五的女孩子，曾經交過四、五個男朋友，沒有人敢和她戀愛，原因是她長得既不漂亮，說話、動作又粗魯，一點沒有溫柔、可愛的淑女模樣，後來被一位洋人看上了，而且非常喜歡她；但她並不愛洋人，她想：不管他有錢沒錢，和他「假結婚」再說，等到永久居留的「綠卡」拿到，那時就和他離婚好了。

英英，像這種情形，你說可怕不可怕？愛情成了欺騙、買賣的工具，還有什麼價值？還說得上神聖嗎？我雖然只舉一個例子，其實「假結婚」在美國，早已不算稀奇了，有男的利用女的有綠卡，而和她假結婚，一次或每月付她多少錢，假若遇到手續不清楚，就會大打出手，或者鬧得天翻地覆。

前幾天，在世界日報上，看到一則新聞，兩個美國女孩同性戀愛，向法院請求給她們正式結婚證書，法院不許可，認爲這是變態的，不正常的結合；三年前，曾有一對男人在金門公園舉行結婚禮，那個糊塗牧師，還替他們證婚，你說可笑不可笑？

英英，你一定奇怪，今天在這封信裏，爲什麼我說些社會醜聞，你不要難過，這是社會點滴，也是人生的另一面。我常常想，一個從事寫作的人，他的視野應該是廣大無垠的，他不能生活在象牙之塔裏，與社會隔閡，社會有光明的一面，也有黑暗的一面。我們的筆，就是一種武器，它歌頌光明，揭破黑暗，它永遠是眞理、正義的維護者，永遠不屈服在任何強權暴力之下。

英英，我不知對你說過多少次了，你有文學、藝術的天才，只因感情太豐富，太脆弱，使你十年來不知爲愛受了多少苦、多少折磨？我是素來不贊成三角或多角戀愛的；更不贊成與有夫之婦，或有婦之夫戀愛的，除非對方離了婚，辦清楚手續。假如你覺得不忍心傷害第三者，因爲他（或她）是無辜的，那麼事情很簡單，你自己犧牲！自古以來，魚與熊掌，二者不可得兼，當然你明白這個道理，用不著我解釋。

在中外作品裏，我看過不少有關描寫愛情的小說。我曾經仔細研究過小仲馬的「茶花女」、莎士比亞的「羅密歐與茱麗葉」、歌德的「少年維特的煩惱」、施篤姆的「茵夢湖」，這四部名著，都有感人的故事和正確的主題，他們都是愛情至上主義者，都是願意犧牲自己，不願傷害別人的。在這四部作品當中，我特別喜愛「茵夢湖」。爲什麼？只因男主角來印哈太偉大了！他從小就最愛的女友伊麗沙白，嫁給他的同學伊里克，他一點不嫉妬，不想從伊里克手裏，把愛人奪過來；當他去茵夢湖拜訪老情人的時候，內心是那麼純潔，沒有絲毫的邪念。他忍受著寂寞，終身不娶，這是多麼高貴的情操！在「少年維特的煩惱」中，維特犧牲自己的生命，用向夏綠蒂那裏借來的手槍自殺，未免太殘忍，使夏綠蒂和阿爾伯永遠忘不了這傷痕；至於羅密歐與茱麗葉的雙雙服毒自殺，瑪格里特的爲阿猛憂鬱成疾而死，都是使讀者廻腸盪氣的哀情作品。

前年經濟學家劉大中先生（因病）和他的夫人戢亞昭女士（殉夫）同時服毒自盡，不少朋友爲他們寫悼念文章，劉先生的胞姊咸思女士的「海天仙侶」，是一篇至情流露、凄凉婉轉的好文章，這些爲愛殉情的作品，固然深刻感人；但我認爲太悲慘了！正像林語堂先生之長女公子如斯，在故宮博物院自殺，也太使林先生一家及許多親友爲她傷心。

英英，這封信，我寫得太雜亂，因爲不是一氣呵成的，曾經放下筆十多次，我的重心點是在：

第一，我不贊成自殺殉情。

第二，社會上有多少好的、壞的現象，需要我們的筆去描寫它。

第三，眞正的愛，是自我犧牲，而不是犧牲別人；絕不可把自己的幸福，建築在別人的痛苦上面。

最後，我要告訴你一個好消息，前兩次信上都提到玲玲的遭遇，現在她完全覺悟了，已經從愛的苦海裏跳出來，正在努力寫作，她說：

「唉！悔不該早聽老師的話，此後我再也不會上當了！」

期待你的來信。祝你們

勇敢！堅強！

冰瑩　六十六年四月二十一日於金山

蛻變中的玲玲

親愛的英英：

眞對不起，已經兩個多月沒有給你寫信了，你一定奇怪，爲什麼我這樣寡情呢？老實告訴你，我在鬧情緒，不爲別的，只因近兩月來，都有朋友和同事的家裏遭遇不幸，有的先生去世，有的中風，有的跌斷了腿，我寫信去慰問她們都來不及；加之目前又是美國的觀光季節，認識我而又有交情的朋友、學生，只要來到舊金山，都會來看我，這麼一來，我更忙了。

就在忙與情緒不佳的夾攻下，我曾有中止給你寫信的動機，我深怕這些婆婆媽媽的信，引不起你和讀者諸君的興趣，所以我再三徵求本刊編者的意見，他們來信都贊成我繼續寫下去。今天剛收到郭正揚小妹妹的來信，她說：

「關於給英英的信，對我來說，是我最喜歡看的文章，來信獲知您有意想停止了，我感到很難過；我也問了許多同學，她們也都希望您能再繼續寫這一類的文章。我有一個小疑問要請教您，就是文中的英英，是否眞有其人？」

在這裏我首先答覆正揚小妹妹的問題：英英不但眞有其人，而且和你住得並不遠，她的痛苦，自從向我傾訴，得到我的安慰和鼓勵之後，她大大地改變了，由於她的戀愛故事，使我聯想到其他青年的戀愛問題，所以才一連寫了五封信，結果我又救出了一個掉在愛情苦海中的玲玲，現在我要繼續報導她最近的生活。

這是玲玲最近給我的一封信：

「親愛的老師，您也許想不到我現在整個地改變了，我完全成了一個『新人』。『以前種種譬如昨日死，以後種種譬如今日生』，這兩句格言，我眞的做到了。老師，你一定很高興繼續看下去：

「爲了家父有心臟病，不能工作；家母的身體本來衰弱，加之撫養我們七姊妹，她已到了精疲力竭的時候，現在連家事也要三弟和二妹來分擔了。我是長女，我應該負起養家的責任；可是除了二弟按月寄錢回家接濟外，我非但不能分擔家裏的生活費用，我在此讀碩士的學費，還是母親給我的。唉！老師，去年不知道我遇上了什麼魔鬼，竟一見傾心地愛上了一個沒有人性的負心人！爲了他，我差一點把命都送掉了，要不是遇上老師救我，把我從苦海裏拖出來，我早已做了金門橋下的寃死鬼了。

「老師，現在我下了決心，咬緊牙根重新做人，我已去學校請求保留學籍，休學一年。唉！老師，您是了解我的，只差一年，碩士就讀完了，如今只好忍痛犧牲，先在一家縫衣工廠裏工作，解決目前的生活問題，把學費全部寄回家去，爲父母親治療、養病。我已經工作一個多月了，雖然辛苦一點，每天我只吃早晚兩餐、幾片麵包、一點鹹菜。明知營養不夠，一月三十多塊錢的伙食，如何長久維持下去？但我應該多受磨練。我是幸運的，謝謝老師的朋友，爲我介紹這工作；更感謝我的朋友，也是老師的高足，允許我無條件地住在她家裏。自然，我很感謝她的好意，她同情我，關心我，把我當作她的親妹妹看待，將來我會報答她的。老師，請您放心，玲玲不是以前又傻又癡的丫頭了，我已經大覺大悟，知道人心的善變可怕，知道愛情不能當飯吃；更知道人活著，並非單單爲了愛情，人類除了夫婦之愛以外，還有父母兄弟姊妹的愛、師友的愛，中國的五倫之愛，擴大言之，有人類的愛。老師，過去我太自私，我把愛縮小到男女兩人的愛，我以爲只要我找到了一個理想的對象，兩人熱烈地相愛，卽使整天乃至一週不吃飯，也沒關係，現在仔細一想，那是一種絕對辦不到的幻想。老師，我從迷夢中清醒了，我不再是一個弱者，我堅強，有理智，我要和自己的感情奮鬪，我還要把我受的刺激和侮辱，忠實地寫出來，以貢獻給一些純潔天眞的小妹妹們，使她們認識什麼是眞正的愛？什麼是人生？什麼是青年的責任？

「好了，老師，我寫得太多了，您的眼睛一定看得很累了，以後我在電話中和您詳談吧，您說過醫生教您閉著眼睛講話的。」

英英，你看完了玲玲的信，有什麼感想？我相信你也和我一樣高興的，你會爲她的新生而祝賀，爲她的脫離苦海而高興。你的情形，你的遭遇，和她完全不一樣，你所遇到的人實在太好，太善良；可惜的是他不能和你結合，你們只能像兄妹一般地保持純潔的友愛，我不知道你們這種感情，能夠維持到什麼時候？當然，我是希望你們三個人都能「和平共存」，完全像兄弟姊妹一樣，我爲你們祝福，也爲我的思想正確而欣慰——我是承認異性除了愛情之外，還有友情存在的。

現在我要告訴你一個笑話，郭正揚小妹妹，在第一封信上叫我姊姊，我不能不告訴她，我是過了「古稀」的老人了，你猜她第二封信上怎麼說？

「在我每次讀完您的文章之後，第一個給我的感覺，就是您的『芳齡』，大概只有二十幾歲，因此才稱呼您姊姊，這個錯誤的感覺，直到您寫給我的第一封信，才找到了眞正的答案，您已經七十一歲了；不過您在我的心中，永遠是一位年輕人。」

英英，你想我看到這幾句話，多麼高興！許多人都說我的文章沒有老，我的精神沒有老；唉！只是身體太壞，還是不談這些吧，否則，又要發牢騷了。

最近臺灣發生的兩件大事，使我又高興，又難過：高興的，是范園焱義士，駕米格機十九起義來臺，我在中國城看到號外，在三個中國電視節目，和美國各電臺的新聞報導中，聽過十次以上范義士對記者的談話，每次都使我興奮，使我快樂；難過的，是賽洛瑪和薇拉兩個殘暴的颱風，使臺灣南北兩個地區，犧牲了不少同胞的生命財產；不過恰如楊小妹妹說的「……全國同胞發起了各項救災工作，有錢出錢，有力出力，高度發揮了同胞愛的精神，我因此而非常感動，更深深體會到中國人的偉大！」

不錯，中國人是偉大的，在海外的僑胞，也正在如火如荼地展開募捐救災運動；在世界日報上，看到白嘉莉小姐捐兩萬美金救災，實在太令人感動了！

英英，寫到這裏，我的眼淚又流出來了，很不舒服，下次再寫。祝你

進步

冰瑩　六十六年八月十二日清晨於金山

愛是犧牲

親愛的英英：

這是一九七七年十月十六日的上午十點，我坐在 Delta 航空公司的一〇五四班飛機上給你寫信，你可以想像得到，我的心境是如何地寧靜，儘管我左右的乘客都在注視我；但我仍然旁若無人地揮動着我的筆寫。

我也記不清坐過多少次飛機了，眞幸運，每次我的座位都靠窗戶，使我一坐下就可看到蔚藍的天、碧綠的海，我的心往往會隨着飄浮的白雲，飛向親友的身旁；可是今天不同了，我的座位被分配在C十二，是中間一排四個位置之一，我無法看到藍天白雲，更無法看到海與陸地，其實，這樣也好，我可以集中精神在思想上，好好地和你做一次空中筆談。

是我離開金山的前兩天，收到俊的來信，他告訴我，你們有個很好的計畫，正在開始進行，我高興極了。從我讀中學開始，在國文老師出的題目——「我的志願」中，曾不止一次地我寫過這樣的話：「將來我要和朋友辦養老院、幼稚園。」那時還沒有托兒所這個名稱，慚愧得很，到現在我已經快到入土之年，我的許多志願，沒有一個實現。「老吾老以及人之老，幼吾幼以及人之幼」，這是我國自孔子到現在一貫的儒家學說，也是孫總理一心一意要實現的世界大同的理想。我多麼希望他們的計畫早日成功，我即使無錢、無力可出；但做個啦啦隊，寫點小文章爲他們打打氣，是可以做到的。

英英，我知道你是個熱情而又有理智、有抱負的好女孩子，你不會爲情而犧牲一切，你不會自私，只顧自己的生活享受，只顧自己的前途幸福，而忽略了別人的存在；更不會把自己的快樂，建築在別人的痛苦上。我常常這麼想：談愛情的人應該要有「解除別人痛苦」的胸懷，只有自己犧牲，成全別人，才是偉大的愛；請不要誤會，這裏的所謂「犧牲」，並不是像維特一般去自殺，而是放棄原有的愛；如果自己有勇氣再接受另一位異性的愛，儘管內心有痛苦、有傷痕，也許對方能給她安慰，使她重新獲得愛的甜蜜；假若她堅持「除卻巫山不是雲」的成見，那我沒有話說，只希望用理智克服情感，把對一個人的愛，去施給無數需要愛、需要溫暖、需要安慰的人們，英英，我說這些話，是對玲玲的朋友小珊而言。

寫到這裏，你一定奇怪，小珊，你並不認識她，我爲什麼把她的事情告訴你；是的，玲玲你也不認識她；可是我也把她的故事告訴過你。小珊是我來金山後才認識的，最近她告訴我，她不幸愛上了一個有婦之夫，對方有兒女一大羣，照理，男的實在不應該追求小珊的，而小珊也實在不應該愛他；但他們兩人竟雙雙墮入愛河而不能自救；小珊明明知道不可能和他結合，她絕不願犧牲他的太太和兒女；同時他也曾經對小珊說過：「我的太太是無辜的，她是個賢妻良母，我不能和她離婚，更不能離開我的兒女；我要像哥哥愛護小妹妹一樣愛你，我們的愛，是純潔的，是精神上的愛；假若你有心目中的對象，你儘可和他結婚，我會把他看做妹夫，我不會嫉妒他，更不會恨你，我會永遠爲你們祝福。」

英英，你猜一猜，小珊聽了這樣的話，有什麼反應？她說：

「謝謝你的好意，我這一生是決不打算結婚的，我要獨身一輩子，老實告訴你，有一位男朋友，八年前我們認識，也從那時就開始追求我，直到現在他還沒有結婚，他在癡癡地等我；但我早已坦白地告訴他，請他死了這條心，他說什麼也不肯。我的前途，請你不必爲我操心，終身大事我根本不把它放在心上，請你放心，我決不會做出令家人和朋友爲我傷心的事——自殺，我不是獨身一輩子，便是出家。」

她的男朋友，聽了她這一番話，非常傷心，又沒有什麼好話安慰她，只好兩人相抱痛哭一場。

英英，假若你是小珊，怎樣去處理這個問題呢？是打算獨身？還是出家？

小珊的男朋友也知道，他是沒有資格愛小珊的，而小珊也不應該愛一個家庭美滿的男子；不過世界上的事，偏偏有許多不能用常理來判斷的，只能說情感有時是盲目的、衝動的，明明知道那是個火坑，他們偏偏要向裏面跳，寧願被火焰燒死，也不肯懸崖勒馬，用理智克服感情，向光明的前途邁進。

「男女的愛，百分之百是自私的。」曾經有位朋友這麼肯定地對我說。

我也承認這句話，的確是有許多事實根據的，舉個簡單的例子說，當兩個人「一見傾心，相見恨晚」，在愛得如火如荼的時候，他們心目中只有對方存在，什麼人都不在他們的眼裏；更不會在他們的心裏。他們只要兩人甜甜蜜蜜地厮守在一塊，那怕不吃不喝，也沒有關係；然而這也只是短暫的現象，究竟愛情是不能當飯吃的，只要是人，就不能不食人間烟火，這就牽連到生活、職業、事業種種問題；特別是結婚之後，生兒育女的問題，男女雙方的性格、興趣、生理上的種種問題，會跟着源源而來，這些在戀愛的時候，也許從來沒有想到過的。

英英，我說了許多令你掃興的話，也許你並不高興聽，甚至根本不同意我的看法。老實說，我是過來人，我有資格說這些話；而且是出自一片誠心，我再三要求青年朋友在講戀愛的時候，要冷靜，要用理智來觀察對方，千萬不可僅僅憑着奔放的熱情，去狂熱地愛，我們在報紙新聞上，幾乎每天都可以看到少男少女爲愛而雙雙自殺的事，前幾天還有一對青年男女，從金門大橋跳下，唉！癡情而糊塗的孩子呵！爲什麼不愛惜寶貴的生命，不想想你們的父母是如何地費盡心血撫養你長大的，你既不報答他們，難道也不想想既生而爲人，就應該負起人的責任，多多少少替國家和社會做點有益於大衆的事情，才不冤枉來到世間走一趟。

本來還有許多話待說，只是在這張小小的桌面上實在不好寫字，暫時停筆，等到了 Baton Rouge 再寫吧。

祝你

健康，愉快。

冰瑩　六十六年十月十六日寫於機上

幾個好消息

親愛的英英：

你好。今天提起筆來，彷彿有千斤重的樣子，我望着稿子發呆，眞不知道該從何處下筆。英英，太愧對你和俊了，整整四個月，我沒有和你們通信，害你們大破費，從遙遠的臺北，給我打長途電話，這是我來美三年多，破天荒收到臺北的電話。記得每年農曆年將到時，子培就來信要求我們定一個適當的時間通一次話，每次都被我們婉拒了，這是有原因的，在臺北時，我聽到這麼一個故事：

女兒從美國給在臺北的媽媽電話，女兒叫一聲「媽……」母親回答一聲「孩子……」下面是一片哭泣的聲音，整整地哭了三分鐘，還沒有開始說話，電信局的鈴聲響了，告訴她們時間已到。

我牢牢地記着這個故事，因此那天意外地接到你們的電話時，我特別理智，拚命壓制我的感情，我沒有流淚，也沒有興奮得大聲叫喊，我只是兩眼望着電鐘，決不讓它超過三分鐘。你們兩人還在搶着說話，我連忙說：「謝謝你們，其他的話，在信上談吧。」說完，我就自動掛上了。

在這裏，我告訴你打長途電話，首先把所要說的最要緊的話，用紙寫出來，列好一、二、三……在沒通話之前，先對着表試講一次；三分鐘的時間，你最多只能預備講一分半鐘，其他留給對方講；遇到父母說話的時候，你自己千萬鎮靜，不可太興奮或者太難過，你絕對不能哭，一哭，三分鐘就完了！

現在輪到我向你解釋爲什麼這麼久不給你寫信的原因：

自從我在飛機上給你第七封信後，滿以爲到了兒媳那裏，不用我做飯、洗碗、買菜、洗衣、操勞家事，我可以好好多寫幾篇遊記，我忘記了把給孫兒孫女織斗蓬的時間預算在內；還有去紐奧良旅行，參觀埃及文物出土展覽；參觀中文教學；與師大校友會面等，都要花時間。三個星期，飛快地過去了，我只整理出一部四萬多字的「舊金山四寶」，唉！誰知這部寫給小朋友看的書，至今不知道流落何方？一想起，我就心痛，失掉了它，等於我親生的骨肉失蹤一樣；因爲我寄稿的時候，郵局職員不肯掛號，在習慣上他們寄支票，寄包裹都不掛號的，我不知道他們是否怕麻煩，不願意寫收條！

自從這件事發生之後，我日夜不安，承前小讀者主編李家萍女士的好意，替我複印了給

小讀者的十二封信；但是還有十幾篇文章，發表在不同的刊物上，我怎能一一找到呢？

還有一個不給你們寫信的原因，是我這幾個月來心情不好，老朋友葆蘭在香港下電車時跌斷了左腿，完全和我一樣，開刀後，用不銹鋼條裝在裏面，至今三個多月了，還不能走路。她來信訴苦，希望能恢復過去的健步如飛，我告訴她：「在夢裏多飛幾次吧，這輩子是無法像好腿一樣了。」

葆蘭斷腿不久，又接阿鵑來信，告訴我雪林在院子裏也摔傷了左腿，現住逢甲醫院治療，叫我速去信安慰。唉！一個斷腿人寫信去安慰「同病」的人，除了「相憐」而外，我還能夠說什麼呢？於是我立刻給雪林去信，還把這消息告訴她的幾個好朋友和學生，這是我特別忙的另一個原因。

好了，現在我要報告你幾件讓你聽了高興的事：

你一定想像不到舊金山的中國城，在每年過農曆年的時候，要舉行一個大規模的慶祝遊行；今年比往年特別熱鬧，三藩市政府補助活動費六萬元，市長馬士孔尼先生，親自領導遊行，還點着一串很長長的鞭炮燃放。許多政府要員，民政廳長余江月桂女士及美國很多位參議員、我國的總領事，以及許多僑界名流都參加遊行。在前面引導的，是我國和美國的國

旗，出發遊行之前，高奏我們的國歌和國旗歌，那雄壯、莊嚴的歌聲，震撼着每個人的心弦，在場的數萬觀衆，報以熱烈的掌聲。

英英，你不知道外國朋友參加我們遊行的很多很多，其中包括鼓樂隊、舞蹈隊等。觀衆大約有三十多萬人，他們欣賞我國的舞龍、舞獅、女皇、公主的花車，中學女生的民族舞蹈，表演中國古時結婚的情況，以及舞劍、樂隊表演、歷代服裝表演等等。

這眞是個狂歡之夜，數十萬從世界各地來到舊金山看熱鬧的觀光客，給中國城帶來繁榮、帶來歡笑，也給他們帶走了中國五千多年的歷史、文化深刻而優美的印象。在這封短信裏，我不能像新聞記者似的來一篇詳細而生動的報導，只好由妳自己「舉一反三」了。

第二個要告訴你的好消息，也是我們中國人的光榮。

從去年十二月出版的「自由人」三十九期上面，我讀到韓韓先生一篇介紹「我夢見中國」的文章，使我興奮得幾乎失眠。

今年十九歲的劉聖詩小姐，在臺灣，她是衛理女中的高材生，來美才四年，居然能運用英文，寫出一首對祖國熱愛、懷念、歌頌的抒情詩，參加紐約市詩歌比賽，結果錄取了六名，劉聖詩同學得了第四名，眞是難得！去年她在紐約甘迺迪中學讀十二級（相當我國高三），今年她進耶魯大學讀醫科。

在學校，她擔任校刊的編輯，和中國同學會的秘書，她的母親現在一家醫院當護士，父親開個小商店。韓韓先生希望她除了努力英文之外，更要用中文發表她的愛國思想和眞摯、豐富的感情。

眞的，我們的中華兒女是可愛的、優秀的、力爭上游的，不論在異國任何學校、任何年級，他們的操行和成績，總是甲等，至於拿獎學金的機會更多更多了。

第三件：是小珠看了我建議你辦托兒所的信以後，她很高興地給我來了封長信，告訴我她的懷抱、她的志願。她是韓國僑生，現就讀師大，她開始扶養了一個小孤兒，每次看了那孩子回來，她就高興的不得了，她的精神上感到無限的愉快和欣慰。

本來這是小珠的秘密，我不應該寫出來；因她勸我不要停止給英英的信，希望我繼續寫；其實，我的眼睛近來又不舒適了，今天下午一點又要去看梁大夫，這時是十一點四十分，我在中國城的圖書館給你寫這封信。十二點，我要上街找地方吃點東西，為的是下午一點要看病。

再說吧，親愛的英英，希望你看了「愛是犧牲」之後，給我來封長信。

祝你們勇敢，堅強！

冰瑩　六十七年二月二十一日於金山

我讀「思親徵文」

親愛的英英：

你和俊四月二十二及二十五日的來信，同時收到，我愛讀這兩封信，爲什麼？因爲你們不再向我訴苦了，你們都把精神寄託在事業上，不再爲一己的幸福，男女間狹義的愛情而苦惱、而掙扎了。你們已經從私人的生活，走進了社會的生活，你們擴大了愛的範圍，由家而國、而世界、而人類，你們的視野擴大了，心胸擴大了，你們不再說：「苦悶呵，苦悶，這種生活，如何能活下去呢？」

我喜歡朋友的來信，四年來，每逢星期一至星期六，上午十一點以後，我就開始等信來。美國的郵差，他們不像臺灣，收信送信，都有一定的時間。這裏有時要到下午兩三點才送來；而且送信的人，經常變換，所以分發信件的時候更慢了。我一天最大的快樂是讀信、看報、看新到的雜誌，有時連午飯也忘記吃；假如遇到老伴不在家時，一包生力麵，加點白菜、紅蘿蔔煮，我可以吃兩餐。請不要爲我躭憂，兩年來，我的食量越來越少；但體重並不減低。來美之前，我是一百二十磅，現在是一百零五磅，有時長兩磅，不久，又回到原位。

我已經寫到題外去了，方才我說喜歡讀信；但我並不願意看到朋友有什麼不幸的消息，因爲那會使我失眠，使我難過；可是話又說回來了，友情最可貴的，是休戚相關、患難與共。人在最痛苦、最寂寞、最困難、最危險的時候，特別需要友情的安慰與鼓勵。在金山，我幫助了兩個少女脫離愛的苦海，如今她們都在努力求學，努力打工，她們不再消極了，有時星期六來我家「打牙祭」時，不是帶水果，便是點心，她們滿臉笑容地走進來說：

「老師，我好想你，只是實在太忙，連打電話也沒有時間，徐速先生把我的稿費寄給您轉，我都抽不出時間來拿，老師，您該不怪我吧？」

當然，我不會怪她的。

英英，我最大的安慰，是年輕的朋友，能夠聽取老人的勸告，因爲老人的生活經驗豐富，他們的話，並不是要你全盤接受；更不是要你盲從，你還記得孔夫子的話嗎？「三人行，必有我師焉，擇其善者而從之，其不善者而改之。」孔子這種虛心求教，不恥下問的做人態度，我們能有多少人做到呢？

英英，現在我要和你談談孝親的問題：

你看了明道文藝四月號沒有？該刊爲紀念總統 蔣公逝世三週年紀念，並爲了配合教孝月，舉辦思親徵文，在兩個月之間，收到五百四十四篇，錄取二十一篇，我一字不漏地從頭到尾，把這些佳作都看完了，我有幾點感想：

第一，臺灣的國文水準提高了！記得我在臺灣任教師大的時候，每逢暑假，一件大苦事，便是看大專聯考的作文試卷。我曾經搜集了不少國文常識，和翻譯方面的「笑話」，以及不知所云的「妙文」；有一部份我發表了，有一部份我把它帶來美國，重看了一遍，我立刻把它付之丙丁。我很奇怪，那種程度，連小學生都不如，怎麼可以從高中畢業？我曾經反對聯考這種憑總分數錄取學生的辦法，我說：「國文不及格，是不應該錄取的，特別是國文系的學生。」

這次明道文藝錄取的各篇，可以說篇篇精彩，情文並茂。每位作者，都是用眞情實感，來描寫他們偉大的母愛和父愛，有幾篇我讀後感動得流淚了，他們之中，有的父親去世了，全家的生活重擔，放在母親肩上；有的母親不在人間，父兼母職，辛辛苦苦地把兒女撫養成人；我特別掛念盧麗雪同學，她失去母愛，現在父親又去世了，她的生活如何維持？在這篇「憶慈父」裏，不但表現出她的「不管多難熬的日子，我都該堅強」；而且每當她「在報章上看到有子女對其父母不孝的報導，我就會感到無比的痛心！」

眞的，我也有同感，過去我曾反對母親，我不但沒有好好地孝順過她老人家，而且使她傷心到極點！現在我感到萬分內疚。自從自己做了母親之後，才知道父母（特別是母親）是如何地愛護兒女，寧可自己犧牲一切乃至生命，也不願兒女受苦，他們忍受飢寒、困苦、絕不埋怨，絕不後悔，「養兒方知娘辛苦」眞是一點不錯。

第二點感想：我不但希望參加這次徵文比賽的同學，要言行一致，既然知道父母恩重如山，就應該眞的拿出一顆純眞的孝心來，好好地孝順父母。古語云，「祭之豐，不如養之厚也。」那是說，父母去世之後，不論你用什麼好菜去祭祀他，他也享受不到了，不如在他們有生之年，多孝敬一點；而且我希望凡是讀到這些徵文佳作的讀者，也應該多寫些有關父母、兄弟、姊妹、師生、朋友、同學之間的愛，因爲只有眞正的愛，才能感動讀者，使讀者受到影響。

第三，我認爲這次明道文藝的徵文，實在有重大意義，在這世風日下，人心不古的今天，西洋人兒子可以叫父母的名字，認爲父母養育兒女是他們應盡的責任，用不着報答、孝順。這種可怕的觀念，如今也傳染到東方來了。偶然在國內的報紙上，看到有人把家中一切變賣，來到美國依靠兒子，竟因兒媳不容他，只得重回臺灣，結果有自殺的，也有飢餓生病，被救濟機構收容的。不用說，老人到了這種程度，人生活着還有什麼意義呢？

第四，我以爲像這一類性質的徵文，不妨多舉辦，凡是各報副刊及各種文藝雜誌，在母親節、父親節來臨之前，都可來一次徵文比賽。

英英，寫到這裏，我忽然想起：該是去信箱找安慰的時候了，果然收到了中央日報海外版、獅子吼、陳慧劍居士的信和郭正揚小妹妹四月十二夜的來函，這信走了二十天，不知是否因爲少貼兩元郵票的緣故？

這幾天事情太多，吃朋友的八十大壽酒、接待從臺灣來的朋友、去烏克蘭看玫瑰，因此這封信寫了三天還沒有完，內容一定不連貫，只好向編者和讀者告罪。

祝你

繼續努力

冰瑩　六十七年四月三十夜於金山

跌倒了，站起來

親愛的英英：

我萬萬想不到你的情緒又起變化了，爲什麼？究竟爲了什麼呢？

我眞不忍把你給我的信公開；但是我要讓讀者了解你的痛苦；同時將我們兩人的信對照看看，我的信——對你的安慰和鼓勵，是否有不妥的地方？我是司馬光的信徒，「事無不可對人言」。何況，你的問題，也是一般少男少女的問題。歌德曾說過：「那個少女不懷春，那個少男不鍾情？孰料此中有血淚飛迸！」提出來大家討論討論，對你決不會有損，只會有益的。

下面是英英一封沒有年、月、日的信。

「謝老師：

您曾說過：希望在明天。請問：明天將會怎樣呢？謝老師，我一個人是多麼孤獨，何況我的心傷痕纍纍，我彷彿做了一場惡夢，在愛的苦海裏，我曾掙扎了十年，老師，十年，三千六百五十個日子，是多麼地悠長！多麼地難挨？不知有多少酸、甜、苦、辣的滋味，滲在我的淚水裏。我不了解，爲什麼我會愛上他的，明明知道，他有妻子兒女，我不應該夾在他們中間，破壞了他們一家的寧靜和幸福；但這是理智，純粹的理智；在情感方面，又不同了，她是自私的，佔有的。老師，您不只一次地訓示過：『千萬別把自己的快樂，建築在別人的痛苦上面。』我自信不是那種自私、殘忍的人，我寧可犧牲自己，決不傷害他人。

「可是老師，如今我太痛苦了！我的信心和勇氣，都埋葬在十年的歲月裏了，老師，請告訴我，人生究竟有幾個十年？依我的看法，一個女孩，最珍貴的年齡是從十六、七歲到二十六、七這十年間，再上去，過了三十，就不是她的黃金時代了；而我恰好這十年，在痛苦、煩悶、失望中消逝了，如今快要到絕望的階段，老師，我實在沒有勇氣再走這段滿懷傷痕的人生旅途了！

「唉！其所以使我陷在苦海中的，我應該怨誰恨誰呢？什麼是『愛』？什麼是『恨』？好像在小說裏，電影、電視中經常可以看到、聽到，如今輪到我來自己親嘗這愛與恨的苦果了，我應該怨誰、恨誰呢？

「老師，我從小就有一顆慈悲的心，我自認是一個最輭弱無能的人，我沒有勇氣和環境奮鬪，我一生沒有做過一件損人利己的事情，何以我會落到如此地步？老天爺未免待我太不公平，太殘忍了！

「我努力掙扎，如今我已到了再也爬不起來的地步。親愛的謝老師，這封信，每行每字，都是我的淚水印出來的，最好流到眼睛瞎掉，我不想看到這可怕的世界！雖然這是溫暖的春天，爲什麼我還冷得受不了？我怕這冷酷的日子，會延長到人生的終點，我怕沒有陽光的日子，我怕……謝老師，求您幫助我，救我出苦海，求您……

英英敬上」

「再者：原諒我不附上日子，因爲日子對我已不重要了，我也不想知道今日是何日？」

* * *

英英，我一口氣讀完了你這封沒有日子的信，看到信紙上斑斑的淚痕，我難過到了極點；但我並沒有流下同情之淚。我覺得應該完全用理智來讀你這封信，分析信的內容，然後再好好地用理智來回答你的問題。

英英，從信中，我可想像到你和他鬧翻了，我想，他不是那種負心的人，他不會翻手爲雲覆手爲雨，他不會把十年的愛情付諸流水。細讀你的來信，你已經陷在深深的矛盾與苦痛之中，你很想擺脫愛，很想和他一刀兩斷，用快刀斬亂蔴的方法來解除痛苦；可是你已承認你是個弱者，你沒有勇氣斬斷一縷情絲；假如有，你也不會痛苦到如此地步，現在讓我來分析一下你那非常矛盾的心情。

第一，當你寫這封信的時候，你是完全用情感寫成的，你雖然沒怨恨別人；但你深深地怨恨自己，你應該很坦白地承認：你太多情、太癡情，太把愛情視爲生命的要素，沒有愛的滋潤，你就活不下去。唉！英英，你和我做了這麼多年的「忘年交」朋友，難道我不能影響你一絲一毫嗎？我是最反對「愛情至上論」的，我總覺得一個人活在世界上，他不應該只爲了某一個人，或某幾個人，或少數人而活，他是屬於國家的，屬於社會的，他應該爲國家社會而生存，而努力，而奮鬥！

第二，恕我不客氣地說，你和他相愛，最初就是錯誤的。他不應該愛你，你也不應該接受他的愛。試想：你們這種不正常（凡是與有夫之婦，或有婦之夫戀愛，便是不正常的愛）的愛，是錯誤的，不合法，也不合理！假如你是他的妻子，你有了兒女；突然有一天，某個少女闖進了你丈夫的心，他們相親相愛地維持了十年的感情，你這做妻子的，有什麼感想？你能受得住嗎？

第三，在這裏，我並不想責備你，也不想責備他，因爲你們兩人都沒有錯，錯在感情這洪流，太可怕了，太沒有理智了！它在一念之間，可以將整個生命毀滅，甚至毀滅全家，試想多麼可怕！

第四，儘管你不承認自私，但你說過「情感是自私的，佔有的」兩句話，因爲自私，才想佔有，請你再冷靜地想一想：既然你有自私、佔有之心，他和她也有同樣的自私和佔有之心，這怎能避免矛盾和痛苦呢？我相信你們三個人都有完全相同的矛盾和痛苦，如果三人之中，有一個人願意退出這愛的漩渦，或者某人大覺大悟，他（或她）能夠拿出理智來和感情戰鬪，以「我不入地獄，誰入地獄」的精神戰勝自己，那麼問題就容易解決了。

下面讓我貢獻你幾點淺見，希望你冷靜地仔細想想。

一、你還年輕，你的前途光明燦爛，你不應該消極，應該跌倒了，馬上站起來，那怕斷了腿，你也應該有勇氣扶着拐杖向前走。

二、以己之心，度人之心。上面我已說過，你要設身處地替對方想想，她的痛苦，也許並不亞於你，甚至比你更厲害，因爲她知道自己的丈夫，已經有了心上人；而且那位「她」一定在丈夫的心中，佔的地位，比自己重要；否則他不會愛她那麼久，那麼深。當然，你有許多優點值得他愛，才結下了這段緣，如今卻應該是大夢覺醒的時候了，記得我早就說過「解鈴還是繫鈴人」，凡是感情上的糾紛，任何人都幫不了忙，只有當事人自己才能解決。

三、你要咬緊牙根，下定決心，跳出愛情之網，把全副精神寄託在事業上。你可以和朋友辦托兒所、幼稚園，你曾經學過教育，你會彈琴，也曾在國文、英文上面下過功夫，你有多方面的天才，爲何要自暴自棄，糟蹋自己？

四、親愛的英英，你也許要說我太殘忍，不說些安慰你的話，也一點不同情你，爲你想解脫苦海的方法，其實請你一字一句地從頭到尾多讀幾遍，我的話沒有一句不是爲你好，才這麼苦口婆心地諄諄勸勉你，望你能體會。

這封信，我已經積壓了幾個月，到今天才下決心把它寫完。我把你的來信，從舊金山帶回臺北，不想再由臺北帶去美國，因此才下決心解答你的問題。

親愛的英英，這次我回來，你又離開了臺北，我們只相處三小時，此後又不知什麼時候再見面？雖說交通發達，儘管相隔數千里，也可朝發夕至；但究竟旅費太貴，見面也不是那麼容易的事。

再見吧！英英。望好好珍重。祝你

心境寧靜

冰瑩　六十七年九月二十七日夜於臺北

同病相憐

親愛的英英：

自從去年九月二十八日給你的第十封信以後，到今天快九個月了，還沒有正式和你筆談，其中有一個多月，我們在臺北，歡聚三次；可是每次都太短了，一兩小時的見面時間，能談什麼呢？英英，你病後的憔悴面容，至今深深地印在我的腦海裏，我眞不知道爲什麼往往好人遭折磨？你的身體多病，一半由於你小時候的生活太苦，營養不良，一半也由於你太多情，不論大小事情，想得太多，對於愛情，太執着，也太癡了！

「看開，放下，自在。」這是佛家勸修行的人，起碼要做到的條件。你因爲看不開，放不下，所以得不到自在。我爲你躭心，假如你一直在愛的漩渦裏打滾，永遠做繭自縛，仍是不會得到解脫的。

英英，也許你會不高興，我一開始就向你訓話；但你要了解，「愛之深，責之切」，假如我們的感情，不是這麼眞摯，這麼熱愛，我將你當作自己的女兒，你把我看成你的母親，我們也不會吐出肺腑之言。自古以來，都是忠言逆耳，我希望你不是這種人，你會採納我的忠告的。

過去幾個月，我們雖然有短簡往還，總覺得每次都有未盡之意。今天我又檢出你最近由香港寄來的信讀了又讀，心裏感到萬分難過！你病了，而且是這麼厲害的病，英英，你白天不能吃，晚上不能睡，身病再加上心病，又是寄身異域，怎不叫你傷感呢？

病是人人討厭，也是令人人害怕的事，我是過來人，除了癌，什麼病我都經歷過。我素來有句口頭禪，「不怕死，只怕病。」每天晚上，我睡覺之前，就學祖父的話，在內心裏默默地念一遍：「今日脫了鞋和襪，不知明日穿不穿？」我多麼希望將來有一天，我會像祖父一樣有福氣，無病而終；或者我修行到了家，一閉眼打坐，就上了西天，那該多麼好；不過想要佛菩薩來接引，絕對不是那麼簡單的事，我要發心苦修、苦修才好。

英英，你朋友計劃辦的幼稚園，既然暫時不能實現，你就先回到臺北來吧，你說在香港，親自看到從大陸，從越南逃出來的難胞，實在太痛心了！這也難怪，我每天打開報紙，最關心的，也是這件事，可憐的同胞，在大陸受了三十多年的罪，好不容易冒着生命的危險，逃出鐵幕，又被香港巡警抓到，送回大陸。他們的命運太苦，太悲慘！越南難胞，死得太多，特別是那些困在珊瑚礁島上，一連四十多天，看不到有任何船隻經過，他們受不了飢餓的熬煎，只好吃死屍的肉，一位男子餓得將彌留時，他對難友說：

「我死之後，你們大家儘管吃我的肉，但是請讓我的妻、兒先吃。」

這是多麼沉痛的最後遺言！

結果呢？英英，請你想想，他的太太和兒子，眞的會吃他的肉嗎？當然吃不下的。最可憐的是，吃死人肉的難胞，他也餓死了，他的肉也要被別的飢民吃了！

唉！這是一個什麼世界？這種慘絕人寰的景象，我希望它不只是空前；而且也是絕後，從此不再有這種悲慘的、不人道的事實發生。

英英，你在香港，親眼看到從大陸逃出來的難民，被巡捕抓住，用鐵鍊，用手銬，將他們鎖住，然後又送回大陸；難胞之中，竟有逃過好幾次的，他們不怕死，不怕飢餓，也不怕被電網上的鐵鈎鈎死，爲了自由，爲了求生存，他們心甘情願地逃出鐵幕，到外面流浪。英英，這就是共產黨統治大陸三十多年的好成績！他們自己承認有十分之一的老百姓，在飢餓線上掙扎，假如大陸有十億人口，就有一億吃不飽的民衆。英英，趕快搜集材料，馬上動筆寫文章吧。我相信，只要你下個決心，把我們中國自從有歷史以來，沒有聽到過，更沒有看見過的眞實故事，一點一滴地寫下來，用不着多費腦筋推敲詞藻，只要完全寫實就行。從你的每封信中，我知道你的文字流利、簡潔，充滿了熱情；現在所需要的是你的愛心。你要把那些難胞，當做是你家裏的至親骨肉，設身處地，假設那些面黃肌瘦，整天哭着向媽媽爸爸要飯吃的孩子，是你生的，你的內心做何感想？你想用什麼方法來解決自己和孩子的飢餓問題？

英英，我知道你很聰明，你的智慧很高，同情心的豐富，更不要說，你一定能夠寫出很多很精彩的報導文章出來。只要你把愛俊的心分一半出來，愛那些成千成萬的難胞，就可以達到這個目的。親愛的英英，請你在寂靜的晚上，閉上眼睛仔細想想：把難胞和愛人放在天平上稱一稱，究竟何者重要？何者有意義？何者有價值？你是聰明人，用不着我多說。

英英，前面寫了許多，還沒有談到我的近況。不瞞你說，自從去年十一月二十六日回到金山之後，我的精神很不好，身體的健康，也一天不如一天，我時時刻刻覺得我是在走下坡，從前我不相信身體的不健康，會影響精神，現在我不但相信，而且已有親身的體驗：就拿我的牙齒來說吧，我眞捨不得全部拔掉它，它替我工作了七十多年，如今它衰老了，不能工作了，已到了該退休的時候，它不能吃稍硬的東西，那麼我就天天喝稀飯，吃豆腐、麥片好了，只要它不使我感覺痛苦，我會含着它往生極樂世界；可是它使我痛得不能吃，不能睡，總有一天，它會和我脫離永久關係。好幾位全部假裝牙的朋友告訴我：「全部假牙，比眞牙還好，連脆花生、乾豆子都可以吃，你還是趁早拔掉它吧。」

英英，我眞不忍心拔，爲的是我對這僅有的十一顆眞牙，有深厚的感情。

腿痛，和手上的風濕關節炎，我都可以不理它，能夠忍住痛；只有不爭氣的眼睛，太可惡了！自從由愛德河（Idaho）女兒家裏回來，一天不知道要流多少次眼淚。看醫生，他第一句話就問我：「你喝酒沒有？有點發炎。」我只好坦白承認，我喝了一杯烈性的白蘭地。普通洋人喝這種酒，都要加水和冰塊，這麼一來，就把酒味沖淡了；而我這個土包子，水和冰都沒有加進去，一大口一大口的喝，只覺得辣辣的非常過癮，那曉得害了我的眼睛。英英，你替我想想，女兒弄了很多好菜，女婿很高興地敬酒；我怎麼好意思拒絕呢？中國有句古話：「捨命陪君子」，就是指喝敬酒而說的。

這十多天裏，我連每晚睡前喝的半杯葡萄酒也戒了。這封信斷斷續續地寫了三天，無論如何，今晚要結束。

前面說過，身體多病，是絕對會影響精神的，我不能看書，不能寫作，連信也不能多寫，你想，人這樣活着，還有什麼意義呢？

由於自己的病，連想到你，連想到其他的幾位好朋友：在菲律賓的淸和姑、海蘭；在香港的葆蘭；在臺灣的雪林、雪茵；特別是雪茵中風一個多月了，還不能說話，也不能行動。她是個多產作家，寫起文章來時，靈感如潮湧，倚馬可待；如今她躺在病床上，日夜需要人照顧！她的家人和朋友，比她自己還着急，還躭心！我也經常在想，萬一有一天，我突然中風，或者心臟病發作，不就很快地與大家告別了嗎？

想到這裏，我特別愛惜老年的時光，只要我還沒有躺下，就不願意放下我的筆，不管一千字，幾百字也好，還要多留下一點筆跡在人間。

最近由師大的王明生校友，替我借到了八部我四十多年前的作品，我每本複印了兩份，把錯字改正之後，有些可以再版的，要不是她在史丹佛大學圖書館服務，是不能借出來的。

這封信寫得太長了，下次再談吧。

祝你

珍重

問候你的俊

冰瑩　寫於六十八年六月二十夜

愛的轉變

親愛的英英：

謝謝你七月十六日來信，我一連讀了三遍，我太高興了！你居然這麼勇敢，這麼堅強，你簡直變成了另外一個人，你接受了我的建議，英英，你不知道這時候，我是多麼狂喜啊！我把半瓶葡萄酒都喝完了。

今天是七月二十五日，也是接你信的第三天，我要好好地給你一封回信，告訴你，我是怎樣高興得失眠。

昨晚十一點三刻我才上床，平時只要默念十來聲佛號，就可以一覺睡到一兩點，前昨兩晚與過去不同，腦子裏裝滿了你的影子，正像我們兩人在你客廳，傻爲我們照的相，在柔軟的長沙發上，你像小鳥似的依偎在我的懷裏，我微笑地撫摸着你，那張相太可愛了，老實告訴你，我不敢讓我的女兒和媳婦看到，她們會吃醋（特別是女兒），會笑我。英英，你太溫柔、太美、太可愛，你像一件完美的藝術品。正如先兒曾說我，每一個細胞充滿了愛，這句話，我現在要拿來奉贈給你了。你是太多情了，以你的多情、多愁、多病，怪不得你的朋友說你是林黛玉的化身。

英英，說了許多，還沒有告訴你昨晚我和你在金門公園的情景，只因你的信上最後有句話：「總有一天我會來看你的。」於是晚上你就來到我的身邊了。

起初我們手牽着手，在金門公園的湖邊散步，看到許多鴨子在水裏游來游去，你羨慕牠們，我說：「你以爲牠們自由嗎？牠沒有東西吃，如何生存？牠們也有痛苦的，只是我們不知道罷了。」你說：「下一輩子，變什麼都好，我不再作人；人，活着實在太痛苦了，一隻螞蟻，也比人強。」

於是我說了許多大道理，把你的謬論駁倒；可是，奇怪，醒來都忘了，只記得我們在花房裏徘徊不忍離開，因爲那些稀有的各種各色的花卉，萬紫千紅，實在太美，太可愛了。我相信每一個遊客，走進了花房，都會暫時忘記了生活中的煩惱，盡情享受花色的美；盡情滿足清香撲鼻的快感；盡情享受大自然賜與的快樂。英英，我想總有那麼一天，這個夢會實現的。

還有，另一個夢，是你已經把孤兒院辦起來了，你告訴我爲什麼改變計劃，你說辦托兒所比辦幼稚園，對主婦的幫助更大，而孤兒院，更比托兒所迫切，在戰亂的時候，不知有多少可憐的兒童，失去了父母，你要把「幼吾幼以及人之幼」推愛給他們，這是我在中學、大學讀書時的理想：我想將來要和朋友創辦孤兒院、養老院，使老有所終、幼有所養；可是現在呢？我老了，有心無力，一切計劃，付諸流水。我每次參觀老人院和孤兒院回來，總要難過好幾天。我想：這一輩子，再也不能替老人和孩子盡點責任了，只有希望你們這班青年——年輕力壯的青年男女，多為國家社會造福，這是國民應盡的責任，也是同情心最佳的表現。

我記得你曾和俊來信說，如果幼稚園辦成功了，開幕那天，你們要請我去剪彩，我長到這麼大，還沒有剪彩的經驗呢。老實說，我不想有那種經驗，只希望你們的事業早點成功，有生之年，我能回到臺灣，來參觀你們的孤兒院，買些什麼點心，請孩子們吃吃就滿足了；或者來一個婆婆講故事，也許是他們高興的。

親愛的英英，夢裏的相聚，比眞實的場面還要美，還要甜蜜，還要快樂，醒來之後，我就想馬上給你寫信，希望你積極進行，我知道，唯一的大問題是經費；何況，萬事起頭難，你自己是個和我一樣的人，你有力無錢，這個問題，俊和他的朋友們如能出錢又出力，那就不成問題了。

英英，我感到最高興的事，是你愛的轉變！這正是犧牲小我、成全大我，犧牲一己的快樂幸福，為大多數的兒童，謀快樂和幸福的時候。戀愛是利己的、個人的；博愛是利他的、大衆的，兩相比較，當然你了解何者為輕，何者為重。不論大小事情，如果出發點是為私，什麼事都不會成功，絕對沒有好結果；假若處處忘我為公，腦海裏、心目中，只有國家民族，推而及整個人類的幸福，沒有個人的名利思想，沒有個人的利害關係，那麼這種人，就是大仁、大勇、大智、大悲的人。

好了，我的話，說得太重太多了，也許你不高興聽；但你曾經說過，我們的感情，不是普通朋友的感情，我們是忘年之交，在年齡上說，我們等於母女；但比眞正的母女還要親、還要關係密切，我曾說過，我們是有緣的；否則，當我在公保樓上的候診室，看到你從電梯下來時，我馬上問你，是不是英英？從電梯下來的女孩已經有好幾位了，為什麼我不起身向她們打招呼呢？還有，最使我驚奇的，我們是初次見面，你等我看完病後，就請我去公保對面的咖啡座去喝咖啡，把我當做老朋友似的，將你內心的苦悶和隱痛，全部告訴我。當時我很感動，因為你把我當做知己，在一小時之前，我們還是陌生人，在路上遇到，彼此都不認識，為什麼我們會一見如故？為什麼你要把心中的隱秘告訴我？緣，緣，這眞是我們的善緣。

自從在咖啡店傾訴之後，我們之間，好像是肝膽之交，無話不談。少女的秘密，是戀愛問題，也許令堂都不知道，你卻那麼信任我，把重要的都告訴我了。唉！英英，我很慚愧，沒有什麼力量可以幫助你，我們相識還晚了一點，倘使再早兩年，你不致跌在感情的陷阱裏，爬不出來，不會受這麼多折磨，幾乎送掉了半條命。你自從生病之後，瘦得不像我初見你時那麼豐潤，那麼美，你瘦得像圖畫中的林黛玉，我去年和你握別時，回到家，我哭了，於是當夜給你電話，不讓你去機場送別。試想想，假如我們兩人流淚，我的朋友和義女不也會哭嗎？太難爲情了，我寧可坐在機艙裏獨自流淚，決不在衆目睽睽之下哭泣。

親愛的英英，雖然我們相見恨晚，使你受了不少委屈，受了不少不應該受的苦；可是還來得及，只要你有勇氣、有膽量、有決心，立刻用慧劍斬情絲，將你寶貴的青春、寶貴的愛，獻給無數的孤兒，他們等於是你親生的兒女，你擁有他們天眞純潔的愛，難道還不滿足、還不高興嗎？

親愛的英英，今天我太高興了，居然除了做飯洗碗之外，還寫了這麼長的信。你還記得吳玲玲嗎？她回香港去了，找到了一個很好的工作。離開舊金山之前，她認識一位很用功、很誠實的男友，現在愛情繼續在增長中，他們一個爲工作、一個爲學業，不打算很快結婚。她是很聽話的好女孩，她說：如果不是我給她勇氣和安慰，也許她早已成了金門橋下的寃魂；還有那位小珊，她也堅強起來了，她自動放棄了那位有婦之夫，她說：「太自私了，我不能把自己的幸福，建築在別人的痛苦上，我寧可犧牲我自己。」

最近我們常常見面，每星期至少通兩次電話，聽到她清脆、愉快的聲音，我就放心了。還有一件事我也想告訴你：有位與我同一個「冰」字的小妹妹，她在世界日報的副刊上，讀到王家政先生一篇關於我的訪問記，知道我把許多書和雜誌公開放在樓上的書櫃裏，給大家看。她很高興，來信向我借傳記文學和其他的文藝書刊。信是由報社轉來的，我馬上回了一信，第二天，就寄了六本傳記文學給她，她把我當做她的老姐姐，也像你一樣，開始告訴我她的身世，和她所受的心底創傷。

據我猜想：她也是一個奇女子，她說她在美國舉目無親，一個人住在沒有中國人的地方，找到了一份工作，她打發寂寞的時間，全靠看書、看報。她給我的信，眞是下筆萬言，一寫就是七八頁，用那種橫線的報告紙兩面寫。英英，我從她的三封信裏，已經發現她是個有個性、有勇氣的女孩，我鼓勵她寫文章，寫她自己的故事，可以用第三人稱寫，我自願爲她潤色，假如她需要的話。

親愛的英英，請原諒我，以後我不能繼續給你寫公開信了，近來爲了眼睛越來越壞，不能多寫字了（今天寫這封信，已經不知流過多少次淚了。我眞不懂，那來的這許多眼淚呢?)，眼科大夫早已不止一次地警告我：「最好不看書，不寫字，多閉眼睛。」我的天，這種像盲人似的生活，我如何活下去呢?不寫文章，勉強可以，若說連信也不寫，這是萬萬辦不到的。記得在臺灣時，臺北醫院的眼科主任陳榮新大夫，要我把「看」電視改爲「聽」電視，要我上課時，閉着眼睛講書，這都是辦不到的，只有講電話閉眼睛，我已經做到了。

最近收到郭正揚小妹妹來信，說她很久沒有給我寫信，因爲有自卑感，這是錯誤的!那怕是小學一年級的小朋友給我來信，我都是來信必覆的，希望她多多和我通信，努力上進。

英英，以後再說，祝你身體健康!事業成功!

冰瑩　六十八年七月廿五日

一個甜美的夢

親愛的英英：

你好。

有一段很長的時間，不給你寫信了，好幾次由俊的來信中告訴我，你經常在病中，精神很苦悶，連他那裏，也很少收到你的信，要我千萬原諒你，不要生你的氣。

英英，我怎麼會生氣呢？我雖然生性急躁，有時給朋友去信，很快希望接到他的回音，這是年輕時候的事；如今老了，我愛寫信的習慣仍舊；但我並不希望朋友馬上回信，我覺得望信等信，是一件非常有趣的事情，它能夠訓練人的耐心、涵養。

親愛的英英，你放心，你儘管不給我來信，我還是像過去一樣地愛護你、關懷你，給俊去信時，總會把你的名字和他的寫在一塊兒。

今天（七一年九月四號）此刻十二點十二分（費城時間），我坐在七四七的大型飛機上給你寫信，我很難過，一小時之前，我才與兒媳及兩孫四人分別，我含著淚吻別了兩孫，幸好報告員，要我們有殘疾的人，可以先進機艙，於是我第一個由兒子護送進了二等艙，坐上二十四排的H座，我的眼淚此時再也無法忍住了，於是讓淚珠流個痛快；後來我想應該理智一點，有聚必有散，有歡聚的快樂，一定有別離的悲哀，我們明年，或者後年，不又可以團聚嗎？何必傷感？於是我取出預備好了的稿紙和筆來，開始給你寫信。

一連三晚，我都沒有睡好；但我怕兒媳難過，我總是告訴他們，我睡得很好。昨夜我做了一個甜美的夢，英英，這是我今天要給你寫信的原因：

親愛的英英，你瘦了！瘦得令我吃驚！你的懷裏抱着一個孩子，是一個美麗清秀的女孩，太可愛了，簡直像個小天使，我向你道賀，你說：「謝老師，我的志願快實現了！這是我的第二個孩子，還有個大的在家裏，沒有帶來，今天我是來機場接您的。」

原來已降落在臺北的國際機場，那麼廣濶、清潔、壯觀、可愛，離開臺灣四年了，沒一天不在夢想回去，今天可眞的實現了！

我高興得流出了眼淚，你緊緊地抱住我說：

「謝老師，我們的孤兒院快要實現了，現正由俊在計畫中，您沒有想到吧？我們都那麼理智，完全割斷了兒女私情，我們不再爲愛而受痛苦和折磨了；我們記起您的話：『男女兩人的愛是自私的，儘管誰都知道，社會國家的基礎，建立在美滿的家庭上面；但在最初兩人相愛時，男人心目中只有女的，女的心目中只有男人。誰會想得那麼多，那麼遠？什麼國家、社會？什麼犧牲自我，爲大家謀福利？沒有，除了沉醉在愛河裏，什麼都不想。』

「現在，謝老師，我完全清醒過來了，人生不過數十寒暑，佛家所說『人身難得，佛法難聞』，我們何幸而生爲人身，又何幸曾經聞過佛法、想想我們的釋迦牟尼佛，他是怎樣犧牲自己的富貴榮華、自己的寶貴生命，爲的救人救世、救一切生物。老師，您一定想不到我轉變得這麼快，我的理智是那麼堅強的！爲了孩子，爲了我的母親和弟妹；不！主要是爲了許多失去父愛或母愛的孤兒，我必須犧牲一已的幸福，從事這件艱鉅而有意義的工作，老師，你該很高興吧！」

醒來了，原來這是一個美好的，令我興奮的夢。樹叢裏蟲聲唧唧，從窗外射進一線清輝，是那麼恬靜，那麼幽美。我悄悄地爬起來，看錶才三點四十五分，我打開床頭的「唧杯集」來看，那是在非列得菲亞中國城，一家小書店買的徐速的遺作。這幾天因爲趕寫幾封信，和兩篇文章的緣故，眼睛又不舒服了，我只得放下書，關了燈，仍然躺下。

親愛的英英，「好夢原來最易醒」，我不能再繼續方才的美夢了，我下決心，今天要在飛機上給你完成這封信；可惜我帶的紙不夠用，只剩這最後一頁了。

每次收到明道文藝時，我就想到你；同時想到幾位由於和你通信，而認識的青年讀者朋友，她們曾來信問我關於英英的近況，我沒有別的好消息可以告訴她，只有這個美好的夢讓她們爲你祝福；而且我相信，這是一個會實現的眞正的夢。英英，我親愛的好友，再見。

祝你

健康，如意！

一九八二年九月四日上午十一點四十分於芝加哥機場

爲了下一代

親愛的英英：

自從七十一年（一九八二）九月四日在芝加哥飛機場給你寫過第十三封信後，到今天快兩年了，我眞不敢相信，我何以能夠忍受兩年悠長的時間，不和你長談。請你不要難過，我要說出心裏的話，我生你的氣了！我每次給俊和妳寫信，惟有他回我的信，而你只有兩次附了幾句簡單的話在後面，你要我原諒你，「實在有不得已的苦衷。」英英，說實話，我是很能原諒人的；但是我對你眞的生氣了！

舉一個例子：

我有一位五十六年前相交的朋友海蘭，住在馬尼拉，常常一連給她寫七、八封信，她相應不理，我知道她一定又生病了，於是我給她最後一封信：

海蘭，請你給我幾個字：「信收到，我很好或我生病。」這六個字，難道你也不能寫嗎?

這封信寄去,不到半月,她的長信來。用郵簡,寫得密密麻麻,字跡很潦草,重複地說:「請你原諒,千萬請你原諒!我病得快要死了……」

我猜想的不錯,原來她是眞的病了。三十多年前,她就得了氣喘病,有時整夜不能睡,她的命眞苦,從小父母雙亡,只有一位哥哥,在非律賓經商,除了寄錢外,很少通信,她在上海立達學園讀書的時候,我們就認識了;那時我正住在江灣復旦大學學生宿舍的「黑宮」寫長篇小說——「青年王國材」,她有一天來我們的院子裏散步,我恰好寫累了,也出去走一走,眞是有緣,兩人一見如故,看她大大的眼珠,有點下凹,高高的鼻梁,長得很美,有幾分像外國人。第一次我們談話不多,以後經常見面,談的話,越來越多,簡直沒有完的時候,上海分別後,曾有好幾年不通音信,後來又連絡上了。從民國三十五年到三十七年,我們同住在北平,想必是她一生最痛苦的時候,正在醞釀離婚;後來我去臺灣師院教書,她到了非律賓,找到了一份很好的工作,在大中華日報,擔任廣告部主任。也許因爲工作太忙,離婚後,一個人要負擔三個男孩的生活,其辛勞艱苦,可想而知。

去年二月,想不到海蘭來到舊金山看我們,恰巧是和子培同一天來的,子培自臺北來,飛機上午到;海蘭從香港來,下午抵金山,外子那天特別感覺累,他是個有心臟病的人;但爲了朋友，怎麼可以不去迎接呢？何況他們都是第一次來金山，又沒有別人可以幫忙。最令人啼笑皆非的，是飛機到了，達明和子培站在出口等海蘭，乘客沒剩一個了，只好去其他的地方找，沒見她的影子；海蘭也到處找我們，最後三人竟坐在一塊兒傻等（我因腿傷沒有去），英英，你說可笑不可笑？

我們和海蘭都老了，她十五年前去臺灣，和我一同遊蘇花公路的時候，在花蓮買了許多許多磁器寄回馬尼拉贈送朋友，連買車票回臺北的錢，都花光了，於是只好由我向貴修借，眞難爲情！

那時我們兩人都是健步如飛，能跳能唱，高興得像我們在上海初見時一般。去年，她雖然沒有持拐杖；可是走起路來和我一樣慢，臉上的皺紋也和我一樣多了；幸虧除了她的大兒子陷在大陸外（去年他曾去馬尼拉探母），老二在臺北東吳大學教鋼琴，老三在西雅圖當工程師。老大業已成家，生了兒女，老二老三都是光棍。海蘭自己雖然已過了七十，仍然在報館工作，我問她爲什麼還不退休？她回答：「我怎麼生活？」

親愛的英英，請原諒我，僅僅爲了原諒朋友不來信，我照舊不斷去信這句話，就嚕嗦地說了一大堆；不過這是我一個好朋友的眞實故事，你聽了只有欽佩她，不會討厭的。

此外還要告訴你三個人的事情：

吳玲玲仍然在香港電臺服務，那位男友，早已移情別戀。可憐她的父親於去年病故，今年母親又得了癌症，還不知能活多久？她來信，每封都充滿了傷感、着急，她有弟弟妹妹要撫養，他們還小，生活不能獨立，我只能在信裏安慰她，不能在經濟上有一點幫助，實在太慚愧，太難過了！

還有小珊和憶冰兩人，兩年沒有一字寄來，我也無處打聽她們的消息；但願菩薩保佑她們平安。

親愛的英英，你結婚了，而且有了兩個孩子，我爲你高興，爲你祝福，儘管你的終身伴侶，不是你所愛的，你完全服從母命，爲一家而犧牲，這是你的偉大精神！你和俊都跳出了三角戀愛的漩渦，你一人犧牲，成全了兩家。俊來信說：你們仍然維繫像兄妹一般的純潔感情，我很高興。俊告訴我：你如今完全成了十足的良母，你愛兒女甚於一切，願意全心全力撫養他們成人，更要好好教育他們，使他們成爲國家社會有用之才。英英，爲了培植下一代，你過去和現在所受的艱難痛苦，是有代價的，值得的。

親愛的英英，我們的通信，也許暫時要告一個段落，柴世彝先生幾次來信催我出書，除了和你在明道文藝上寫的十四封外（連信封），還有每年有一封給臺灣朋友們的信（發表於青年戰士報），以及其他的抒情小品，很想眞的出一本小書，留作我八十歲的紀念。

親愛的英英：再見！

最後，我要告訴你，我在本月十一號乘西北航空公司的飛機，來到 Fargo 莉莉家，此行除探視女兒女婿外，還要整理兩部稿子。這裏是一個街道整潔，非常淸靜，風景幽美的小城，我要住到六月初才回金山。

寫到這裏，眼睛又在刺痛、流淚，我要休息了。祝福你：

闔府安康

冰瑩寫於「法戈」七三（一九八四）五、十六夜

用愛心培植下一代

親愛的英英：

每次收到「明道文藝」，我就想到你，要給你寫信；可是不爭氣的眼睛，不許我寫字，也不讓我看書，它要我像盲人似的整天閉着；否則就是刺痛（像刺扎着一樣，我並沒有誇張形容）、流淚，我看了好幾位中、西醫，他們都說：「你過去用眼力太多，才有此現象，現在應該休息了。」也有的說：「你想一部機器，用了七、八十年，難道有不壞的嗎？」這些話，都是安慰我的，也是給我一個警戒：八十歲，我真的八十歲了！記得先母曾爲我請一位瞎子算過命，說我的命很苦，要遭遇各種挫折，只能活到四十二歲；如今我多活了三十八年，應該很高興，我還要繼續多讀、多寫，即使明天我回老家，今天也決不放過。

舉個例子：每期的「明道文藝」來到，我總是先看後面兩篇或三篇同學們的作文，和老師的批改評語，然後再來欣賞其他的佳作。

本期（五月號一二二期）更夠我看的了，是全國第六屆學生文學獎的得獎作品，我眞想把每篇都看完；但不知要多少時間，也許眼睛不會許可，我不管它，我要和眼疾奮鬬，我要征服它，不許它打敗我。

英英，看到這裏，你也許會感到奇怪，我們這麼久不通信，爲什麼我一開始就只談明道文藝呢？這是有原因的，自從我給你的信在「明道」上談到愛情問題以後，有好幾位青年女讀者給我來信，有的由三民書局轉，有的由世界日報轉，她們還在掛念英英，不知英英和俊的戀愛結果如何？我分別簡單地告訴她們，請她們放心，他們沒有愛的糾紛了，像兄妹、朋友，並代你謝謝她們的關懷。

英英，你有兩年多沒有給我來信了，今天接到俊的長途電話，告訴我，你快隨你的先生移民出國了，你心裏充滿了矛盾和難過，你捨不得母親、弟妹，和臺灣故鄉的親友、同學，甚至臺灣的一草一木。這是人之常情；但你的他，有事業在國外，你總不能帶着兒女老住在娘家。俊再三要我原諒你，爲了照顧兩個孩子和家事忙，以致沒有時間給我寫信。英英，你放心，我這一輩子最喜歡和朋友通信；而且有時接信的當天，或者次日就回信；可是我給對方去信，她（或他）幾個月不回信，我都不見怪，只是心裏懷念而已。

在這裏，我講一個故事給你聽：

在非律賓馬尼拉的大中華日報，廣告部服務的汪海蘭，是我一九二八在上海認識的朋友，到她前年去世爲止，我們有五十八年的交情，親同骨肉，有一年，她有半年多不來信，我照例一個月有兩三封信去，她都不覆，我氣極了，寫了封這樣的信給她：

「請問海蘭還在人間否？」她的回信更有趣：「海蘭因氣喘病去世已久，冰瑩還在世間，海蘭在九泉之下，等待她來相會。」

這時我才知道，她的氣喘病又發了，只好不責備她，趕快去信安慰她。

英英，現在我要和你談的是：你如今不再有愛的煩惱了，因爲俊已作了外祖父；而你也是兩個孩子的母親，雖然你的先生，或俊的太太，在過去都有酸葡萄的味道，不論你們如何坦白，只有兄妹之情，無男女之愛；但兩性間的懷疑和酸性發作，是無法避免的。現在一切明白了，大家相見，都是一團和氣，談的是有關兒孫營養和教育問題。我很高興，我從中學時代開始，就有這種思想，男女之間，除了愛情之外，還有友情，一位同學反對我：「友情只是淡淡的，不會有深刻的眞摯的友情。」我反對：「一定有，像兄弟姐妹一般的親情，有的只有過之無不及。」

如今以你和俊的例子，證明我的看法，我的思想是正確的。英英，現在你該同意我的看法了吧？如今你愛兩個兒女甚於丈夫、朋友，你把整個的心，放在他們身上；不過英英，聽俊說你太溺愛他們了，除愛之外，沒有教育，這是最要不得的！孩子由嬰、幼兒、到少年這段時間，可塑性最大，他們的好壞習慣，在這時候培養，他們未來的成就、前途，全靠家庭教育打基礎。英英，你要把兒女視爲國家社會的一份子，而不是你的私有財產，聽說老大有點任性，這也難怪，你第一次做母親，自然只有愛，不懂得敎，從他一歲以後，她要什麼，你就給什麼，於是養成她的任性，不聽話，個性倔強，英英，這不是愛她，而是害了她，我想你現在一定深深地了解這些道理了，用不着我嚕嗦，要奉勸你的，不要把感情和愛視爲私情，例如你捨不得家裏的親人，如今交通便利，只要有旅費，登上飛機，朝發夕至，還不像從高雄到臺北一樣嗎？只要經濟許可，你可以接令堂出國看看世界，想念弟妹時，他們也許將來會有機會出國留學，你也可以回去探親，這是一個很小的問題，用不着難過、煩惱、傷心。

英英，你不是還要辦托兒所嗎？這是以後的事，今天不談。

英英，這是我兩年多來給你的長信，希望你看了會高興，因爲你的孩子都會叫我奶奶了，俊的外孫雖初生不久，我想將來有一天，我們或許會見面，我就升級做太婆了。哈哈，人生眞有趣！祝福你們三家健康，事事如意。

謝冰瑩上　寫于七十五年（一九八六）五月二十一日

附錄

把感情武裝起來

每次收到「中國婦女」，我習慣地總是先看「華曼信箱」，讀者訴苦的信，和華曼答覆她們的問題。我讀過之後，心裏總是感到一種說不出的難過！爲什麼有這麼多的少女上男人的當？爲什麼那些使少女傷心、流淚的壞男人是這麼狠心？他們只要自己的某種目的達到了，就不顧對方的死活，一點責任心沒有，他們知道女孩子的弱點是重感情，寧願自己吃虧、自己受苦，受了侮辱、受了打擊，也不敢告訴朋友；更不敢讓家裏的人知道，特別是最愛她最關心她的父母親。

爲什麼女人的感情這樣脆弱？經不起打擊？爲什麼女人的心這麼善良？這麼容易被男人的甜語欺騙？爲什麼女人沒有理智？事前既沒有「三思而行」的考慮，事後又沒有拿得起、放得下的果斷精神？爲什麼？爲什麼？

我常常被這些問題所困擾，也很久想和姊妹你們談談；只是不爭氣的眼睛，使我不能多寫字，有兩位朋友都建議我儘管閉着眼睛把要寫的話說出來，由她們筆錄，然後由我再看一遍，仔細修改一下；這樣，對於我的眼睛沒有妨礙，而文債也就可以還清了。

可是這個方法，三年前，我在臺北曾經試驗過一次，實在不如自己寫的來得自由；因爲說得太快，對方不容易記；太慢，文思受了阻礙，反而不能暢所欲言。我也試過閉着眼睛寫字，寫完了一篇短文，再請朋友抄一份，然後經我修改之後再寄出去；可是這方法也不行，寫的字歪歪斜斜且不管它，最糟糕的是這行字蓋在兩行字上面，根本看不出來寫的是什麼，今天我先把我的苦衷說出來，那麼，本刊編者和讀者，就可原諒我的長話短說了。

記得遠在二十多年前，我曾用「把感情武裝起來」爲題，寫過一篇文章，後來收集在「綠窗寄語」裏（編者按：本書爲三民文庫第一三六種），也許有些讀者看過，今天又提出來談，實在因爲那些上過當的小妹妹們，太缺乏奮鬪的勇氣了，我要給她們打打氣。

我不止一次地說過這句話：「你如果想結婚，首先應具有離婚的勇氣。」曾經有位朋友質問我：「你這話豈不是鼓勵人家離婚嗎？」我回答她：「不！決不是，我要她在心理上早作準備，知道人心是會變的，他能和你結婚，也能和你離婚；如果她不害怕離婚，那就不會有恐懼，不會有痛苦了。」

眞的，離婚有什麼可怕呢？世界上不知有多少離過婚的人，也不知有多少重婚的人；更不知有多少獨身的人，不是過得好好的嗎？不過，話又說回來了，與其馬馬虎虎找一個對象結婚之後又離婚，不如愼之於始，在選擇對象的時候，第一看他的品格，第二觀察他的性情，品格不好，性情暴躁的人，不管他的學問如何，經濟條件如何，社會地位如何，都不是理想的對象。

有些少女容易上當的原因，是感情太熱，缺乏理智，只是一往情深，經不住對方的甜言蜜語、海誓山盟，就輕易地獻給他一切，這是最危險最可怕的事。所謂一失足成千古恨，人生最大的打擊、最大的痛苦，莫過於不幸的婚姻；但是人活着不是單爲自己一家，而是應該爲社會、爲國家，更擴大爲全人類——假如你是一個有能力的人。最低限度，你決不能爲某一個人服務，爲某一個人貢獻你的一切，犧牲你的一生；因此，一個人有沒有戀愛，結不結婚，並不影響他的人生，試看有多少科學家、哲學家、藝術家、教育家……他們有的終身不娶，有的終身不嫁；也有結婚之後，發生變故而仳離的，這種例子，實在太多太多，而觀察他們的結果呢，反而比起過兩性生活更來得快活、更自由、更能多做許多有益社會的工作。

這篇短文，我已經寫了四天了，還沒有完成，不是眼睛不舒服，便是因事躭擱了。此時我坐在灰狗車上出去旅行，想要在中午抵達沙加緬度之前，寫完好投郵。

親愛的小妹妹們，因爲車子顚簸得太厲害，我不能多寫了，只有一句最重要的話：你們一定要把感情武裝起來，不怕受刺激、不怕受打擊，要有跌倒再爬起、再接再厲的精神，才能戰勝感情、克服環境、創造你美滿幸福的人生。

要想解除精神上的痛苦，不灰心、不氣餒，唯一的妙法，是把感情武裝起來！小妹妹們，你們一定要把感情武裝起來！

祝你們

勇敢堅強

六五、五、十九上午十點於車上

潤璧：

謝謝你的「中婦」，我每期都收到，付上短文，請指正，我的眼睛開刀之後，不用每月去拔倒毛了，但因爲用得太多，視力大減，我不能多寫，車子動得厲害。

此次一同出去旅行的，共有五十多人，我把稿紙、信封郵票帶來，準備把你的文債和幾位朋友的信債，趁此機會還清，祝你全家健康

冰瑩上　六十五、五、十九

父子・母女

母子別離的一幕

「兒呀，你是我心頭的一塊肉，是我的血液變成的。你的心，連着我的心，你的靈魂裏，有我的靈魂，你這一走，就會帶走我的心和靈魂，剩下的只是一具軀殼！兒呀，你知道我們母子兩人相依爲命，一天也不能分開，如今你遠渡重洋，還不知道要那年那月才能相見？也許……也許等你學成歸來時，我已經變成一罈骨灰了……」

母親說到這裏，眼淚像泉水似的滾滾而下；兒子連忙用自己的手帕替母親擦着眼淚，緊緊地擁抱着她輕輕地說：

「媽，不要難過，我有獎金，一定省吃儉用，暑假還可以找工作賺錢，我會寄錢回來孝敬您的，還要每年回來看您一次，等學位拿到，我立刻回國。」

兒子安慰着母親，自己的心，也是酸楚的。

「學位！學位！不知害了多少人？一個人只要具有眞才實學，有工作能力就得了，何必一定要這撈什子的學位呢？」

「媽，時代不同了，沒有學位就找不到工作，您沒有看見報紙上登着那些有博士頭銜的人，回國來，說話的聲音都要比我們響亮呢！」

「孩子，我問你：媽和學位兩者，在你的心裏，是媽重要，還是學位重要呢？」

「當然媽重要！」

「那麼，明天你可以放棄出國嗎？」

「如果媽眞的這麼傷心，不讓我去，我可以把機票讓給同學，我決心不去了。」

這一夜，母子都沒有睡，矛盾、痛苦、傷心……佔據了他們整個的心，儘管沒有說出來，其實他們心裏知道這次的生離，也許就是永別。

最後，母親還是將守寡二十年來撫養大的獨生子，忍痛含淚地送上了飛機。

忤逆不孝的兒子

「爸，給我五十塊錢！」兒子向父親伸手。

「錢又用完了？我沒有開銀行，那來這麼多錢！你書不好好念，整天和一些不三不四的同學在外面鬼混，你也不想想，我和你媽都是在教育界服務的，我們站在講臺上天天教訓學生要如何如何地進德修業，爲國家、爲社會謀幸福；而自己的兒子卻這麼不聽話，叫我們如何有臉見人？」

「不要嚕哩嚕囌了，我不是來聽訓的，趕快拿錢來！」

兒子的態度像一個強盜向有錢人勒索一般。

「給我滾出去，你這個忤逆不孝的畜生，立刻給我滾出去！」

「你眞的不給錢？好，沒有錢，我要你的命！」

於是兒子眞的用父親脖子上的領帶，活活地把父親勒死了！

這是一幕大悲劇！母親悲哀得痛不欲生，她恨不得一下把兒子殺死，她做夢也想不到竟會發生這種慘無人性的兒子殺父親的逆倫事件；尤其使她傷心的是，夫婦兩人都是社會上有地位的教育家。

當天晚報和第二天的日報上，都用頭條新聞登在社會版上，做父母的看了個個搖頭嘆息：

「豈有此理！這成一個甚麼世界？兒子殺老子，誰還敢養育兒女呢？」

「這是世紀末的悲劇，這是物質文明的結果。」

「我國的孝道那裏去了？爲什麼不把歷代的忠孝故事，特別是二十四孝，從小就灌輸給他們，使他們知道烏鴉會反哺，羊也會跪乳；更要使他們知道忠臣出孝子……」

「殺人者死，更何況是殺父親的兒子！」

社會的輿論太多太多了，有人歸咎於家庭教育，有人歸咎於學校和社會教育，也有人說這孩子生來就是惡根，只怪他自己不好，不要把責任向別人身上推。

究竟應該誰來負責呢？我想每個人的看法，都有理由。

母女間的隔閡

「媽，您怎麼這樣冒失，送我回家的是我一位同班的同學，您竟把他當做是我的男朋友一般，詢問起他的家庭狀況來，您像警察查戶口似的，什麼都問，您看多難爲情！明天上學，叫我還有什麼面目見那位同學？」

「這有什麼關係？也許他還很高興呢！最多也不過嫌我嚕嗦點罷了；其實，那個做母親的不嚕嗦呢？我想，妳和他出去玩、跳舞，一定感情到了相當的程度，趁機打聽打聽他的家世，多了解他一下，有什麼不可以呢？」

「媽，您看您今天穿得那麼隨便，頭髮蓬鬆，讓我的同學看了，還以爲是我家的老媽子呢。」

「豈有此理！眞是豈有此理！妳居然敢敎訓起媽媽來！我怎麼知道你那麼晚了還會帶個男朋友來？難道我還要化粧一番，穿着晚禮服，準備豐富的點心來款待妳的男朋友嗎？」

女兒沒有說話；可是母親的怒火越來越高，無法止住，索性罵個痛快：

「妳呀，不要夢想自由戀愛，學時髦，從電視上學些什麼衝浪舞、搖滾舞、靈魂舞、阿哥哥……學習肉麻的調情歌曲……我們中國有五千多年的歷史，我們的文化是最古的，也是最優良的，妳是個中國人，就應該愛中國的文化……」

「誰說我不愛中國的文化？可是我們不能盲目地接受中國的文化，那些什麼『三從四德』、『君要臣死，不得不死；父要子亡，不得不亡』的古訓，我們難道也要接受嗎？我們生活在這二十世紀太空時代，我們要過現代人的生活，就要有現代人的思想……」

「好，現在讓我向妳請敎，甚麼是現代人的思想？」母親氣憤憤地打斷了女兒的話說：

「是不要學×××一樣用領帶勒死他的父親，妳也想用繩子勒死我？是不是學西洋女孩子一樣，可以在野外草地上、在汽車裏和男人睡覺，一絲不掛地裸體舉行婚禮；男女學生赤裸地一塊兒游泳、唱歌、跳舞，實行天體運動？更進一步，十四五歲的女孩子，就可以和男孩在教室裏做愛，她們說這是自由，反抗傳統……說呀！妳爲什麼閉着嘴巴不說話呢？現代人的生活？哼！妳解釋給我聽聽，什麼是現代人的生活？反傳統、濫交、亂愛、殺父親，把戀愛結婚當做兒戲，毫無羞恥，否認貞操，不敢正式結婚，就和有夫之婦，或者有婦之夫姘居，有了孩子，於是就墮胎，遠走高飛……這就是現代生活嗎？說！快說呀！妳說說現代生活、現代思想，是不是這樣的？」

砰的一聲門響，女兒跑出去了，母親的那雙改組派小腳無法追上，她也不想去追。

——好，今晚就讓她去過一過現代生活吧！

她氣得癱軟在破沙發上。

留學生的母親

「媽，您不要急着回去，半年期限到了，還可以延長的。美國大使館，不是在您的護照上批了四年嗎？您看，自從您來了美國之後，我的三個孩子都懂得敬老、孝親了，他們這十年來受的美國教育，什麼都講錢，洗碗要兩毛錢，用吸塵機打掃地板要錢，把衣服丟進洗衣機裏要錢，看家也要錢……錢，錢，錢，一開口就是錢，什麼都要錢，眞煩死了！您來了之後，不但把他們三兄妹的觀念改變了；而且教育了鄰近幾家的中國孩子，連帶連美國孩子也教育了。媽，您乾脆不要回去了，等他的研究告一段落之後，我們一塊兒回去定居吧。」

「老實說，我起初還不敢來美國呢！因爲我在晚報上，曾經看到一則消息：說有位老母親替人家洗衣做飯，辛辛苦苦地好容易把兒子撫養成人，居然由大學畢業而出國了。將近十年，母子不相見，兒子在國外娶了個洋太太，寄了旅費來，讓母親去探親。不料，到了那邊，洋媳婦看不慣這鄉下老太婆，要她立刻回臺灣，還要算她的伙食錢。母親每天幫她們做飯洗碗，媳婦嫌她骯髒，不許她動手，結果兒子把母親介紹給一位餐館老華僑，意思要母親嫁給那老頭，母親誓死不依，老頭總算有良心，替她買了機票送她回臺灣了。」

「媽，不要聽報上胡說八道，不會有這種事的！」

「不會有？哼，這就是一位神父說出來的，難道神父還會說謊、造謠嗎？據說那個兒子還向老頭索取介紹費呢！」

「媽，快不要說了，簡直把留學生罵得連禽獸都不如了！」

「你不要亂給我加罪名，我那敢罵留學生？我只是根據報上新聞，敍述那一個人的故事罷了。」

「媽，不要再說了，讓孩子們聽了多不好。」

「沒有關係，他們在那邊房裏玩，聽不到的。我再講一個眞實故事給你聽：有人六個兒女都在海外，父母老了，想去投奔他們，可是沒有一個願意和他們同住的。」

「難道眞有這回事？過去我讀巴爾札克的『高老頭』，莎士比亞的『李爾王』，他們都是描寫女兒不孝敬父親，只想分他的財產，到最後父親的生活潦倒不堪，她們還在吸父親的血，不顧父親的死活，半點同情心沒有，眞是連禽獸都不如！」

「不過李爾王還有一個孝敬他的女兒，總算不錯，高老頭可慘了！兩個女兒都是同樣的思想，他們貪得無饜地在瓜分父親的財產，從來不給父親一點精神上、物質上的安慰，她們成了名副其實的吸血鬼，無情無義的逆女……」

「媽，不要再談這些傷腦筋的事了，您看我和您的女婿，是那一類的人嗎？」女兒撒嬌地問。

「當然不是！要不然，我早就回臺灣了。」

兩封家書

其　一

「親愛的爸媽：

前信想已收到，一個多月了，還沒有收到回諭，不知道您福體健康否？非常掛念，爸爸早就應該退休，媽媽辛苦了四、五十年，也該好好地休息休息，我們四兄妹早就商量好了，要迎接您兩位老人家來此享一享清福，舊金山的氣候溫暖，四季如春，媽媽的風濕病，正好在這裏療養；何況這兒的僑胞是全美最多的，您來了，彷彿在臺灣一樣，決不會感到寂寞的。

為了怕您不肯來，我們特地派小弟前來恭迎；他大概下月中旬乘學生包機返臺，您有六年不見他了，一定很高興見到他的。

其二

「四兒傳閱：

一連收到你們四次來信，都是要我們來美的，你媽媽無論如何不肯來，因為她近來有高血壓和心悸病，她不敢坐飛機；尤其是長途旅行，她不敢冒險。她說七十多歲的人了，生為中國人，死為中國鬼，不能回大陸終老，已經感到萬分遺憾了，難道還要把這副老骨頭葬身異域嗎？

她這麼一說，我也動搖了。目前臺灣是全世界最安定的地方，許多學者和華僑都想回國定居，我們怎麼還往外國跑呢？你們有孝心，應該每年輪流回來探親。何況國家栽培你們，送你們出國，目的在讓你們學成之後，為國服務，把你們所學的本事帶回來貢獻給祖國，怎好長留異邦，終日為他人籬下做嫁衣忙呢？難道你們已數典忘祖，眞的沒有一點寄人籬下的感覺嗎？

我很希望有機會來美遊歷，如果你們的力量能供給我到歐洲旅行一趟，更加高興；至於定居，目的地還是大陸，連臺灣都是暫居打算，儘管這是我們的國土，總覺得葉落歸根，我們從那兒來，就應該回到那兒去的。」

最後的結果是怎樣呢？父親勝利了，兒子們陸續回來了，他們覺得生爲一個中國人，是應該替自己的國家，永遠盡忠的。

以上所描述的，都是百分之百的眞實故事。至於那些忘了根本，不孝敬父母，自私自利的例子，究竟是千萬分之一，在總數內，算是很少很少的，我們應該把視線放大，胸懷放寬，不能以偏概全，不能因爲一二個壞例子，就以爲子女都是壞的，那樣，未免太可笑，太不合邏輯了。

了解寬恕消除隔閡

對於父子、母女之間的隔閡問題，我以爲主要的還是雙方都應該設身處地多想一想。做父母的應該了解時代不同，我們不能拿十八世紀的思想來看現代青年。例如婚姻問題，我們無法叫他們仍然憑父母之命、媒妁之言而完成終身大事，我們只能站在輔導的地位告訴他們應該選擇怎樣的丈夫和妻子，才能使家庭幸福，愛情長久；一旦他們木已成舟，你就無法不承認了。

在兒女方面，更應該了解爲父母者的一片苦心，他們並不是獨裁專制，想要行使父權、母權，故意干涉你們的交友自由，婚姻自主；而是爲了太愛你們，怕你們年輕，不懂人心的險詐，上了當而蒙在鼓裏。他們是過來人，有豐富的人生經驗，他們的看法是正確的，對你們有益的，爲什麼要反抗，要忠言逆耳呢？

至於那些對父母不孝不敬的人，很明顯的報應，就會來到眼前；他們怎樣對待父母，他的兒女也會怎樣對待他們，所謂「屋簷水，點點滴」，「一報還一報」，這是千眞萬確，亘古不移的眞理。我國先哲有言：「敬人者，人恆敬之；愛人者，人恆愛之。」你以愛心來愛別人，別人沒有不以愛心來報答的；至於那少數不可施教，生性殘忍、頑劣的人，這是例外，不值得一談。

無可諱言，我國倫理道德在近年來，的確是一落千丈；推其原因，父母太溺愛子女，從小太放縱，長大了，就不易管教。學校沒有修身課，也是個大缺點，爲了升學主義競爭的激烈，使多少兒女受到精神上的打擊，父母爲他們着急、操心，於是只要能考取中學、大學，出洋，父母犧牲一切在所不惜，這也是使兒女養成驕縱心理的原因。

社會是一個大染缸，電視、電影、小說、嬉皮、披頭以及種種……外來物質生活的引誘，使純潔的青少年都蒙上了陰影，他們的意志薄弱，無法抗拒這些誘惑；加之有些特殊階級的子女，假借父母的勢力，在外面胡作非為，反正抓進警察局，只要父親一張名片，或者母親一個電話，就可以釋放出來，他們有恃無恐，因此更加膽大妄為，目無法紀。要想改良這些青少年的思想，我以為首先應該改造他們的家庭。

父母、子女之間，應該是父慈子孝，彼此充滿了親子之愛，因為他們才眞正是血肉關係，是世界上唯一的骨肉至親。中國有句古話：「百善孝為先，萬惡淫為首。」八德裏面的第一個字就是孝，這是應該在孩子們很小的時候，就要灌輸給他們的。

能夠做到了解、寬恕、父慈、子孝的地步，我相信父子、母女之間，就不會有所謂隔閡、衝突了。

姑嫂・妯娌

先說姑嫂之間

三日入廚下，洗手做羹湯；不諳姑食性，先遣小姑嘗。

這是唐朝詩人王建的佳句，描寫一個新嫁娘初下廚房那種戰戰兢兢的心情，因爲她不知道婆婆的口味是喜歡鹹還是淡，所以先請小姑嘗一嘗之後，才敢把菜端上桌去。短短的二十個字，不但寫出了新嫁娘的溫柔週到，而且也暗示小姑在家庭中地位的重要性。

我是當過小姑來的，嫂嫂待我有時候比待母親還好，說句不敬的話，幾乎有點巴結的味道，起初我不懂，後來慢慢地了解了。

我有三個哥哥、一個姊姊，我排行老五，是最小的一個。大哥結過三次婚，第一位大嫂因難產而去世；第二位得肺病死了；第三位身體特別結實，善於辭令，大有紅樓夢中鳳姐的口才。待人接物，面面週到，厲害起來，也像鳳辣子一樣，嘴甜心苦，兩面尖刀。母親最不喜歡她；但是我和她相處得很好，原因是：我了解她的性格，處處讓她佔點便宜，不和她計較，也不與她爭論什麼問題。

二嫂也是個不容易對付的人，她的性格屬於憂鬱型的，不愛說話，更難得看到她的笑容。不知道是因爲她長得不美，還是因爲她整天板着一副冰冷的臉孔，所以二哥對她沒有絲毫愛情，幾次提出離婚，都遭到母親否決；最後，她把生命獻給國民革命，十六年秋天，終於死在南京鼓樓醫院。

三嫂和我的感情最好，我們相處了五六年，從來沒有吵過嘴。她把我看做是她娘家的妹妹，我把她看做親姊姊。爲什麼會這麼和睦呢？主要原因是我們的思想相同，興趣一樣；她有革命精神，性情豪爽痛快，待人誠懇熱情。小小的個子，從外表看來，她好像是弱不禁風的樣子，抗戰期間，我們同在第五戰區爲負傷將士服務，走起路來，她總是打前鋒。

也許這是我的性格，從小我不喜歡和人家爭執，可能這是受了父親的遺傳，一直到今天，我都抱着「寧人負我，毋我負人」的態度。因此，在家和嫂嫂們相處得很融洽，每次寒暑假回家時，總要買些小禮物帶回去送她們，媽媽常說：「妳這是慷他人之慨，錢是我的，下次不要再買了。」話雖如此說，下次我買了送她時，她又微笑地接受了；而且對祖母說：

「鳳丫頭不錯，知道孝敬父母，做人情，將來賺了錢會養我的。」唉！誰知還沒有等到我自力更生的時候，她老人家已經離開塵世，到極樂世界去了！怎叫我不傷心呢？

下面我要講兩個故事，以說明小姑影響家庭之大。

在我的故鄉東鄰，有一個王家沖，王老先生有一男一女，兒子高中畢業後，就在家幫助父親管理田莊；憑父母之命，媒妁之言，娶了一個很美麗的妻子，她叫朱梅英。

梅英雖然只受過高小教育；可是由於天資聰慧，又愛好讀書，所以她的程度，幾乎和丈夫一樣。結婚之後，生活過得非常美滿，婆婆也很喜歡這個媳婦，她常常向鄰居誇耀說：「有人說：讀了書的女子，不會做家事，好吃懶做，只曉得和丈夫談什麼愛情；我家的梅英，也是進過學堂的，可是她很能幹，家事樣樣精通，又這麼孝順公婆，體貼丈夫，愛護妹妹，這樣好的媳婦，到那裏去找？」

這話給小姑秀玉聽到了，她很不高興，一股莫名的醋意自心中升起，她深怕嫂嫂奪去了母親對她的愛，所以處處在挑剔嫂嫂的毛病。

有一天機會來了，一位梅英的表弟經過她家的門口，順便進來看看梅英和她的丈夫王子青。眞是不巧，恰好這天子青有事外出，梅英留表弟吃飯，她說：

「已經十一點了，子青就要回來了，你吃了午飯再走吧。」

「不！我一定趕回去吃飯，媽媽會等我的。本來我今天沒有打算來看你們的，所以一點東西也沒有帶，眞對不起！」

「不要客氣，人來，比什麼禮物都寶貴。」

秀玉這時正好在客廳外面，她看見有個男客和嫂嫂談話，就故意偸聽，等到客人走了，她就偸偸地告訴母親：

「媽，嫂嫂有男朋友了，他們兩人在屋裏說得好親熱呀！」

「不要亂講，先問淸楚了再說。」

五十多年前，在我們鄉下，還是被封建思想統治着的社會，誰家來了個男客或者女客，鄰居都要打聽半天；何況梅英和她的表弟談了這麼久，分別時，梅英又送到竹林外面，還站在那裏談了一會兒。這一切一切，秀玉都看在眼裏，她以爲這就是所謂戀愛，幽會情人。

晚飯後，暴風雨降臨了，起初是梅英低泣，在斷斷續續的嗚咽中，用堅決的語氣回答丈夫：

「子靑，不要寃枉我，我向天發誓，假如我有男朋友，天打雷劈，不得好死。」

「哼！發誓，有什麼用？我要妳承認，沒有關係的，孔子說：『人非聖賢，孰能無過，過而能改，善莫大焉』，只要妳答應，以後永遠不和那小子見面，我就饒恕了妳。」

「天呀！我怎能承認呢？他明明是我的表弟，不是我的男朋友，你不信，我們兩人馬上去姑媽家證明，帶着妹妹一塊兒去，請她指認出來。」

「就說是表弟吧，也一定是你的情人；要不然，那來的那許多情話呢？」

子青的語氣，越來越厲害，那一對充滿了疑惑、醋意、責難、憤怒的眼睛，是那麼可怕地盯着梅英。

「好，我的解釋，你一句也不相信，還有什麼可說呢？除了死，我沒有第二個辦法證明我是淸白的，除了你之外，我沒有愛過任何男人，表弟雖然和我一塊長大；但我們只有親戚的友誼，絕對沒有絲毫男女的愛情；何況他今年冬天就要結婚了，你怎麼會懷疑我愛他呢？」

「妹妹說的，你們談話的聲音很低很低，那男孩走了之後，你還依依不捨地送了一段路，回到家來表現出很傷心的樣子，這難道還不是情人是什麼？」

「唉！妹妹簡直是血口噴人！你如果不相信我的話，只聽妹妹的，那麼完了！夫妻之間，最要緊的是彼此相信，互相了解，無論那一方有了誤會，就要好好解釋，我們要平心靜氣，不可逞一時之快，說些不近人情的話，傷害對方……」

「好！妳倒敢敎訓起我來了，妳是什麼東西！一個高小畢業生，敢在我面前稱能嗎？妹妹說，那小子長得很漂亮，妳結了婚還敢和他幽會，可見妳目中無丈夫。老實告訴妳，我不稀罕妳這種偸漢子的太太，我不能戴綠帽子，你給我滾出去！滾出去！」

一幕無可挽救的悲劇終於發生了，當晚梅英就跳在附近的池塘中自殺了！

第二天她的母親、姑媽和表弟還有表弟的未婚妻一同來王家哀悼的時候，子青的母親還在懷疑：「她是不是內心有愧才投水自盡呢？」

報應來了，秀玉自從嫂嫂死後，她每晚都做惡夢，夢見嫂嫂來找她，緊緊地抱着她不放。

「妹妹，妳要向妳哥哥說明，那是我的表弟，不是我的男朋友，妳都聽到的，我們沒有講情話；現在我寃枉死了，妳如果不替我把寃洗清，我只好要妳的命了。」

誰都說秀玉瘋了！因爲她的造謠，逼死了溫柔賢慧的嫂嫂，後來雖然她把一切經過情形詳細說明白，由於良心發現，也眞的怕嫂嫂來索命，只好坦白地承認自己的錯誤。不用說，王子青深深地後悔不該聽信妹妹的話，而無端地犧牲了一個這麼可愛的太太，實在太愚蠢，太衝動，也太意氣用事了。如今後悔已來不及，唯一的希望，是妹妹從此以後不再惡作劇，好好地做一個純潔善良的老實人。

第二個故事，剛好相反，和第一個是強烈的對比：

楊太太的公公婆婆都去世了，留下三個妹妹交給她管敎。在抗戰期間，一般公敎人員的生活是非常艱苦的，楊先生當時在一所中學教書，收入有限；何況自己還有兩個兒女。一家七口，光靠楊先生的收入，是不能維持的；好在楊太太會縫衣服、湘繡，靠着一雙手，她也賺錢來貼補家用。

「楊太太眞好，三個妹妹都上中學，衣服都穿得整整齊齊，她們的臉色紅潤，身體結實，一定吃得不錯；可是楊太太自己呢？又瘦又黃，常常鬧病，太可怕了。」「她是累出病來的，聽說她的腰子開過兩次刀，多虧她照應這三個妹妹，要不然……」從鄰居張太太和李太太的對話裏面，可以知道楊太太是一個怎樣持家有道，愛護小姑的標準賢妻良母。

「憑良心說，」李太太補充方才的話：「楊太太固然是個典型的好嫂嫂，她們三個也是典型的好小姑。你不看見她們一放學回來，書包還沒有放下就先問：『嫂嫂，有什麼事要我們做嗎？』『衣服我來洗。』『嫂嫂你休息，今天我來炒菜吧。』她們你一句，我一句，叫得楊太太心裏好舒服，好高興；其實這些家事，都不用三個小姑操心，楊太太一手包辦了，頂多吃完飯之後，她們幫着洗洗碗，收拾收拾桌子。後來抗戰勝利了，他們一家人來到臺灣，楊先生在一所大學教書，三個妹妹也都考上了大學，朋友們更欽佩楊太太；也更羨慕楊先生有一個這麼好的太太。」

「中國有句古話說：長兄當父，長嫂當娘，拿楊太太的例子來看，實在一點不錯，你的三個妹妹實在太幸福了，遇着這樣一個像慈母一般的好嫂嫂。」

張太太這樣說時，楊先生笑得合不攏嘴來，內心更是充滿無限的快樂和安慰。

「楊太太，你太辛苦了，自己瘦成這個樣子，還在日夜操勞。」

李太太說。

「不要緊，只要把三個妹妹帶大，她們將來都能獨立，有個很好的歸宿，我就是累死了，也是値得的。」

姑嫂之間，只要有了像楊太太，三位楊小姐一樣的感情，一樣的胸懷，天下那兒還有什麼小姑不容易相處，姑嫂常常吵架的事發生呢？

有些小姑看見媽媽對嫂嫂好一點，她固然要吃醋，就是哥哥對嫂嫂笑一笑，她也嫉妬，總要想盡方法在母親和哥哥面前破壞嫂嫂，說她這也不是，那也不是，老在鷄蛋裏挑骨頭；而做嫂嫂的呢？又往往不了解小姑在家庭裏地位的重要，她是公公婆婆和妯娌的橋樑，一定要與她和睦相處，經常送點小禮物和她連絡連絡感情，她有什麼困難時，盡力幫她解決，有時做她的參謀顧問；有時做她的知己朋友；同時更要認淸妹妹等於客人，在家住不了多久就要出嫁的，何不好好地待她呢？

中國目前，已漸漸地步歐美的後塵，紛紛實行小家庭制，姑嫂很少有住在一塊兒的，自然省掉了不少麻煩。

再談妯娌之間

「老師，妯娌是什麼？」

昨天我剛寫完姑嫂一題，一位師大同學金杏這樣問我。

「你查辭海吧，上面有很詳細的解釋。」

我回答她，並沒有放下正在寫文章的筆。

於是她在女部的五畫裏，查到了妯娌，一面看，一面自言自語：

「啊，原來是兄弟之妻，叫做妯娌，廣雅釋親，又叫娣姒，關中俗呼先後，吳楚俗呼妯娌，方言還叫做築娌呢，老師，你快來看，眞是莫名其妙。」

她看見「築娌」兩字，所以說莫名其妙，這是關西的風俗，兄婦曰「築」，弟婦曰「娌」，根據王念孫的廣雅疏證，築與妯同，表示匹、儔的意思。

「沒有什麼莫名其妙，這是古時候的一個名詞而已。」

由於妯娌兩個字，平時很少看到，也很少用它，因此年輕人都感到陌生或者生疏。

「老師，你有妯娌嗎？」金杏問我。

「外子只有兩兄弟，我是大嫂，弟媳婦我還沒有見過呢。」

「妯娌之間，應該怎樣相處呢？」

金杏的一對大眼睛，向我眨了眨。

「是不是你有男朋友了？」

「沒有，老師，你想到哪兒去了？」

「我以爲妳的男朋友有好幾個弟兄，所以妳才提出這個問題，好，我們就來談談它吧。」

我倒了兩杯白開水，金杏連忙站起來道謝，我先喝了一大口，然後說道：

「妯娌之間，最要緊的不要在嫂嫂或弟婦面前表示自己的能幹、有學問，更不要在公婆面前故意裝出很孝順的樣子，來博取公婆的歡心；尤其不要在妯娌面前說自己丈夫有什麼缺點、毛病，而盡力讚美哥哥或者弟弟如何能幹、如何有學問、如何好，這樣，非但對不起妳的丈夫，而且使對方懷疑妳愛上自己的丈夫。不管兄弟同住在一個大家庭裏，或者分居，見面了，大家以禮相待，不可過於親熱，或者表示特別關心。有些男人，往往不懂女人心理，在自己的太太面前，誇獎嫂嫂或者弟婦怎樣聰明，怎樣溫柔體貼，怎樣會做家事，怎樣會孝敬翁姑，使太太聽了，感到非常難過；寬宏大量的還無所謂，如果遇到胸襟窄狹的，她會說：『那麼，你去娶一個那樣的好太太吧？』久而久之，說不定她會懷疑丈夫與妯娌發生了愛情，那就糟了！

「和妯娌相處，要像和自己的親姊妹相處一樣，處處虛心謙讓，以誠待人，抱着吃虧是福，難得糊塗的態度立身處世，我相信沒有行不通的。」

「老師，假如遇到丈夫的嫂嫂或者弟婦很兇的怎麼辦？」

金杏顯然對這問題發生了興趣。

「那很簡單，不要住在一塊，趕快搬家。」

「有些大家庭，兄弟爲爭財產，打得頭破血流，老師，你贊成大家庭制度嗎？」

「我不贊成，也不反對。我覺得大家庭有大家庭的好處，也有它的缺點，小家庭也一樣，一直到今天臺灣還有很多大家庭存在，有的四代同堂，也有五代同堂的，大家相處得非常和睦，老太太笑口常開，老公公看到兒孫繞膝，他完全忘記了一生的勞碌奔波，爲子女做牛馬的艱苦生涯；現在我們來反觀小家庭的情形怎樣呢？夫婦兩人都上課、上班去了，家裏鐵將軍把門，小偷開了卡車來替你來一個大搬家，你也無可奈何；有了孩子之後，太太就不要想出外做事了，整天把時間消磨在孩子和家事身上，這時候你會後悔：唉！還是大家庭好，孩子有奶奶看，家事有人管。」

「老師，你曾經過大家庭生活嗎？怎樣應付他們？」

「我家是四代同堂，祖母和父親都活到八十多歲才去世。我家人口不算多沒超過二十五人，三個嫂嫂輪流做飯、打掃房屋、洗衣、待客，一切井井有條，妯娌姑嫂之間，從來不吵架，家母常說：『家和萬事興』，又說：『忍耐是人生的美德』，還舉出什麼『張公百忍得金人』來勉勵我們。不錯，忍耐是處世很好的方法，我們人類只要不自私自利，處處替別人着想，不論和家人相處，或者和社會人士相處，都會很和諧，很快樂的。」

時間在我們的談話中消逝，金杏對於姑嫂、妯娌間的問題，越來越有興趣；只是我實在沒有時間，只好下次有機會再談了。

相敬如賓

記得小時候，聽父親對姊姊說起梁鴻和孟光的故事，說什麼「舉案齊眉，相敬如賓」。那時候，我不懂得這兩句話是什麼意思；後來自己結婚了，才深深地了解，相敬如賓，不但免除了夫妻之間一些不必要的口角；而且可以增加愛情，使對方或自己暴躁的性情變成溫柔，本來想生氣的，忽然轉怒爲笑了。

我常常這麼想：天下有不少的人是服軟不服硬的；在夫妻之間，更是如此。有些做丈夫的，一點也不了解自己太太的性格，常常喜歡在太太面前，發一發丈夫的脾氣，以爲不如此，不足以顯示丈夫的威風；假如是個鄉下女人，她沒有受過教育，又沒有謀生的技能，完全要倚靠你生活，也許她會怕你，生怕得罪了你，而失去這張長期飯票；若是她受過和丈夫一樣的教育，能夠獨立謀生，兩人完全爲了相愛而結合，其中並沒有含着彼此利用的不純潔思想，我想應該是和睦相處，百年偕老的，即使丈夫的脾氣大一點，也能容忍下去；不過話又說回來了，一個人容忍的度量是有限的，到了某一個階段，她實在受不住了，也會發作起來，那時做丈夫的就要原諒她，像原諒你自己一樣。因爲「相打無好手，相罵無好嘴」，彼此在氣頭上，什麼話都罵得出來，這時假如男女兩方，有任何一個人讓步，少說幾句，趕快道歉，堵住她的嘴，等對方的氣完全消了，當天或者隔日再輕言細語地和她理論，我相信那時她會後悔，連連向丈夫陪不是的。

前面我說過，很多人服軟不服硬，只要你的態度好，語氣謙和，自然會消滅對方的氣；尤其是女人，生性柔順（有些潑婦型的例外），她愛面子，重精神不重物質（愛慕虛榮的除外），希望結婚生孩子以後，丈夫還像初戀的時候一樣愛她，關心她；而在丈夫一方面呢？有些恰恰和她相反，他希望妻子像一隻小羔羊似的服從他，能夠做到下列四點：一、是一個相夫教子，持家有道的好主婦；二、對外很會應酬的交際花；三、一個好教師或一個好公務員；四、在靈與肉兩方面的愛，能使他得到充分的滿足，這裏，一、三兩條容易做到，二、四就比較困難了。

信筆寫來，似乎離題太遠，還是把話收回來吧。

我看見許多夫婦吵架，往往爲了一件芝蔴大的事，或者一句話，一個粗暴的舉動，傷害了對方的自尊心，於是雙方就吵起來，甚至鬧得不可收拾，其實要解決這些糾紛很容易，只要彼此讓一步，少說兩句，大家客客氣氣，說幾句「對不起」、「請原諒」、「謝謝你」……真的做到相敬如賓的地步，那麼就不會發生悲劇了。

最後，我們還要了解每個人都有自尊心的，夫婦之間，除了「互愛」、「互助」、「互諒」之外，最重要的還要「互敬」。因爲「敬人者，人恒敬之；愛人者，人恒愛之。」你尊敬太太，太太自然更會尊敬你；這樣，家庭中充滿了和樂的氣氛，孩子們得到這麼好的父母做他們的榜樣，將來自然會成爲社會的好公民、國家有用的人才，我們何樂而不爲呢？

戀愛的故事

這天被派到鄉下去宣傳的芷英、婉如、重言和莉子四個人，重言是個最天眞活潑的姑娘，她在醫院擔任過三、四年的護士，口才很好，待人老是那麼甜蜜蜜的。

但有時，她也很調皮，如果遇到隊員中有什麼失檢點，或者工作不努力的地方，她會毫不客氣地給對方一個很嚴格的批評。因此許多同志對她的印象，是又愛她，又怕她。莉子剛剛和重言相反，她整天愁眉不展地不說一句話，明明看到人家做錯了事，她也只當做沒有看到的不做聲；有時偶然和同隊的同志談起各人的思想和抱負來，她是絕對主張「明哲保身」的。她似乎從母胎裏就帶來一副憂鬱的性格，不大高興交朋友，常常一個人跑出去散步，工作完了的時候，就老是躺在牀上看小說，或者在一本硬殼子的日記本上，寫着像螞蟻似的字跡。有一次，她的日記被重言在牀底下拾着了，裏面還夾着一個又年輕、又漂亮的，穿西裝的男子半身相片，重言斷定他一定是莉子的愛人，但她不敢向莉子開玩笑，因爲害怕她生氣。

重言是個和任何人都相處得很好的人，莉子在這舉目無親的地方，又加之在失戀以後，所以和重言很自然地成了好朋友。這次出發，她們四個人，無形中成了兩對，各人挽着自己朋友的手，很愉快地走着，其實除了重言一個人沒有戀愛的苦惱外，三個人都懷着異樣的心情，在勉強地裝着高興。

已經走了十里多路了，還沒有達到她們的目的地，在一條碧綠得像海水一般的小溪旁邊，游魚成羣結隊地游泳着，芷英看了這種情景，又回憶到那年和萍從香山歸來所見的往事來。她提議在這裏休息一下，身體不大健康的莉子，第一個贊成，而且立刻坐下來了，婉如和重言也走得出了一身大汗，於是就一同坐下。

「莉子，你看今天的天氣多麼好，完全像春天一般晴朗，也沒有敵機來打擾我們，你應該很高興，爲什麼一坐下來就嘆氣呢？」

有了婉如的證明，莉子有「心事」這個秘密，立刻被芷英注意起來。

「莉子有很嚴重的心事，她的確太可憐了，老是緊鎖着雙眉不做聲，我們希望她不要太認眞，應該凡事看開一點。」

重言帶着半開玩笑半認眞的語氣說。

「莉子，心事上面，還加上嚴重兩字，那一定是有關戀愛方面的，你可以稍爲講一點給我們聽嗎？如果有眞憂愁，讓我們替你分擔一點……」

「如果有快樂，我們絕對不分擔，哈哈！」

淘氣的婉如不等芷英的話說完，就連忙插了進去，引得四個人全都笑了，莉子的臉上頓時湧出兩朵紅雲，一種少女特有的嬌羞，在陽光的照耀下，更顯得特別可愛。

「莉子，你就索性把你的心事公開吧，反正大家都是女人。我提議每人把自己的戀愛故事說出來，不但有趣，而且可以做爲彼此的參考。」

重言說完，婉如立刻附議：

「贊成，贊成，誰不說的，誰就是漢奸、日本鬼的朋友。」

「婉如，你瘋了，你看到這幾天我們一連抓了五個漢奸，所以開口閉口總是免不了漢奸兩字，聽了怪討厭的，要人家講心事，還能用壓迫手段嗎？只能好好求情。」

芷英的話剛說完，婉如就連忙向莉子做揖，「莉子妹妹，我的好朋友，我求妳說出你的心事吧，靑天在上，黃土在下，小魚在中間做證，如果妳有憂愁，我們一定替你分擔，如果是快樂，絕對讓妳獨享！」

又是一陣笑聲，把莉子笑得更臉紅了。

「你們是幸福的驕子，快樂的寵兒，我呢？像秋天裏的落葉，飄到那裏，那裏就是我的歸宿。我的人生永遠是黯淡的、悲觀的，曾經有一個時期，我每天差不多要照例流一次淚，但現在好了，我覺得這種淚是不應當流的，誰知道你這樣癡心？誰知道對愛情這麼認眞？誰又會同情你、了解你呢？……」

停了很久，莉子像一個憂鬱的詩人，在對着溪水，傾訴她的心事，她說話的態度是那麼自然，好像坐在她身邊的不是人，而是樹木和石頭。

「莉子，我們的小詩人，請你再繼續着說吧，越明白越好，我們會了解你，同情你的。」重言再也不敢開玩笑了，她很懇切地說。

「我覺得人生應該沒有什麼秘密的，尤其是戀愛這味道，只要是人，誰也會嘗試一下，說出來又有什麼關係呢？不過我害怕人家聽了拿去做笑話談，或者做爲寫小說的材料，我那是最反對的，要知道別人的痛苦，都是用血和淚織成的呀！」

「我們這四人裏面，沒有新聞記者，也沒有寫小說的人，莉子，你大膽地說吧，把心中的抑鬱，痛痛快快地說出來，包你以後就有快樂了。」

婉如也在催促地，只有芷英是默默地聽着，她好像在聽詩人朗誦一首很纏綿的詩，或者講述一個哀豔動人的故事。

「天下像我這樣不幸的人，恐怕還不知有多少！我曾愛過一個青年，一直到現在可以說還在愛着，但是他拒絕了我而另外愛上了一個女人，偏偏那女人又拒絕了他的愛而另外愛上了別個男人，你說怪不怪？他居然還把這件事告訴我，而且把我送給他的照片給那個女人看，把我寫給他的一封封的情書也給那女人公開。最令我生氣的，我送他一束大紅絲線，他也拿給那個女人看，並且說：『她這麼熱烈地愛着我，追求我，但我的心裏永遠只有你，我忍心地抛開了她，拒絕了她的愛，目的是在想得着你，達到我一生最理想的幸福。』」

「這些話，你怎麼知道的呢？」

芷英忽然好奇地驚問起來。

「都是他告訴我的。」

「妳聽了不生氣嗎？」

「豈只生氣」，我簡直暈過去了，醒來看到他的眼裏也有淚光，我問他爲什麼哭泣，他說：

「天地間就有這樣矛盾不幸的悲劇在不停地排演着，你這麼愛着我，但我的心已整個地被那個女孩子吸引去了，我那麼愛着她，而她的心又被另一個男子吸引去了，我不能強迫她愛我，正如你不能強迫我愛你一般，但我們兩人永遠是同病相憐的同命運者，如果做朋友倒是很好的，若是要我勉強愛你，將來終有一天會破裂的。」

「我也知道，戀愛非出於雙方的情願不可，假若有一方面是勉強的，雖然結合了，仍然免不了痛苦。因此自從那次他向我表明態度以後，我對他完全絕望了，再也不給他去一封信。但心裏老是忘不了他，無論走到什麼地方，都在懷念着他，這是我一生最大的苦惱，誰能給我分擔呢？天！」

莉子說到這裏，眼淚幾乎要流出來了，芷英非常同情地問道：

「現在他在什麼地方？」

「已經六七年不通消息了。」

「你知道他愛的那女人是誰嗎？」

「聽說也是和他一樣喜歡文藝的。」

「他的名字可以告訴我們嗎？」

婉如非常着急地又中途插了一句。

「他的名字，是很富有詩意的，你們不是看見許多小魚在那綠草下面鑽來鑽去嗎？他的名字就是那個。」

「難道說，他的名字就叫做魚嗎？」

重言覺得有些滑稽，她忍不住自己先笑了。

「難道是萍嗎？」芷英驚叫起來。

「正是，一點也不錯，到底是芷英聰明。」

莉子回答着，眼睛不住地注視那些飄浮在水面上的碧綠的浮萍。芷英一聽到這是她愛人的名字，全身的毛孔都起了收縮作用，她不相信天下會有同名的。那麼無疑地，莉子口中所說的萍，一定也就是自己愛着的那個萍，爲什麼這些事她全不知道呢？呵！記起來了，他曾說過有一個女孩子追求過他，但他因爲心裏只有自己存在，所以拒絕了那女孩的愛，難道那女孩子就是現在坐在我旁邊的莉子嗎？

芷英這時的心緒亂極了，她好像在聽一個離奇古怪的故事，她希望自己的耳朵有了毛病，聽的決不是事實，只是由莉子嘴裏揑造出來的故事而已。

「他倒的確是個很可愛的人，面孔長的像女孩子一般。」

重言的話，使莉子吃了一驚。

「你怎麼知道他長的像女人？」

「莉子，對不起，有一天你的日記掉在地上，我好意爲你拾起來，無意中發現了一張男子的相片，我連翻開看反面的名字底勇氣都沒有，就連忙塞到妳的枕頭下面去了，莉子，你現在可以把他公開給她們兩個人看看嗎？」

「看就看吧，反正故事都講給你們聽了，難道還有什麼顧慮嗎？」

想不到莉子居然會這麼大方，她眞的把相片從日簿記裏面取出來了。

——？？？嗯，這難道不是萍的相片嗎？

芷英的眼花了，頭暈得很厲害，好像立刻要倒下去的樣子，她的心狂跳着，週身的血液都沸騰起來，她幾乎要放聲大哭一場，但理智還沒有完全失掉，她知道這不是個流淚的所在，於是拚命地壓制了感情，裝做十分冷靜的態度說：

「讓我仔細瞧一瞧，好像這個人我在什麼地方見過似的。」

「喝？你見過他？在什麼地方？什麼時候？」

莉子很驚異地望着芷英。

「我自己沒有看見過他，可是在我的表妹那裏曾經看到過一張相片，似乎有點像他。」

芷英故意這麼回答，她把相片拿在手裏，再三仔細地端詳，一點也不錯，正是她的萍，那溫柔端正的面孔，那含情脈脈的眼睛，兩道濃黑的長眉，和那穿得很整齊的西裝，完全是萍的模樣，是他的裝束，「唉！這究竟是怎麼回事？難道我是在做一個惡夢嗎？爲什麼萍送給自己的相片，到了別人的手裏去了呢？」

「芷英，你這麼看得出神幹什麼?」

婉如好像有意開她的玩笑，絕沒有想到芷英別有隱衷在心頭。

「我看看究竟是不是我表妹的那個男朋友。」

芷英趕快扯了一個謊，好掩飾她的不安的表情。

「是不是你表妹的朋友?」莉子慌慌張張的問。

「似乎有點像，可不一定是他。」

「究竟是不是?你不要含糊其辭。」莉子很嚴肅地說。

「也許是吧?不過你不要着急，我的表妹並沒有和他戀愛過，據我所知道的，他們不過是普通朋友的關係而已。」

芷英斜着眼，偏着腦袋望着莉子，莉子倒有點不好意思起來。

「你表妹現在什麼地方?她如果能和萍戀愛，我一定去封信道賀，『願天下有情人都成眷屬』，我雖然失敗了，但我希望別人成功。」

莉子表現出很大方慷慨的樣子，芷英癡的一聲笑了:

「不見得吧，別的東西，可以隨便拿來送給自己的朋友，惟有愛人這樣寶貝，恐怕連任何至親好友、兄弟姊妹，都不能相讓的，莉子，請放心吧，我的表妹現在北平，而且也有五六年不知道萍的消息了。」

「這樣說來，難道他失蹤了嗎？」莉子的臉上，頓時現出憂鬱、苦惱的表情來。

「聽說在『九一八』事變的時候，萍就參加游擊隊去了，也許他早已做了烈士，也許正馳騁在長白山頭，莉子，不要想這些了吧！反正戀愛就是那麼回事，有，固然很幸福，沒有，就拉倒，人活着在世界上，還有許多有意義有價值的工作等着我們去幹，我們生來並不是僅僅爲了戀愛的呀，你說對不對？」

芷英這幾句有力的關於愛的說教，使他們三個人聽了都佩服的不住地點頭，重言連忙接着芷英的話說：

「芷英，現在我們都等着聽你的戀愛故事，想必一定很有趣的。」

「哈哈！重言，你想錯了，我老實告訴你，在我短短的二十三年裏，各種人生的滋味都嘗過了，只有戀愛的滋味是苦是甜，我簡直一點兒也不知道，我也曾經遇到好幾個愛我的男人，但都沒有成功，不是他家裏有妻子兒女，便是性格和我不相投。而且我常常看到許多朋友在戀愛的時候，好像在寫一首美麗的詩，他們的生活，有說不出的甜蜜，說不出的快樂，但一到結了婚，生了兒女，便像一篇廣告似的索然無味，令人感到結婚就是戀愛的墳墓。所以我常常有一種怪思想，也可以說這是我的戀愛哲學，我希望自己永遠在戀愛中過日子，一輩子不結婚，或者讓我在心裏愛着一個男人，一點也不讓他知道，他如果娶了親，生了孩子，我仍然常常去看他，和他做一個像兄弟姊妹般的朋友，因此，對於男人，我絕對沒有佔有慾，如果有人愛我的愛人，而他也愛那個女性，我一定把愛人出讓，成全他們的好事，自己過着失戀痛苦的生涯，我覺得別有一番滋味。」

「芷英的戀愛哲學，我根本反對！」重言是心快口快的人，她首先反對芷英的話，「我覺得她的每句話都是犯了空想主義的毛病，事實上是絕對辦不到的，比方戀愛和結婚是聯在一起的，戀愛達到飽和點，非結婚不可，如果有一方面不願意結婚，或者根本不主張結婚，那證明他或她並沒有眞正愛對方；至於情願將愛人出讓，那更是豈有此理的話，你方才不是說過的嗎？任何寶貴的東西可以送朋友，送親戚，只有愛人永遠是自私的、佔有的，如果可以讓別人從自已的懷抱裏把愛人搶去，那證明他並不十分愛他的妻子或者丈夫，芷英的話，也許是故意揑造一段理論來塞責，實際上她的思想一定不是這麼回事。」

「那麼，重言！你現在先把你的戀愛故事告訴我們吧，等一下再處罰芷英，要她好好地從頭至尾講一個眞正的戀愛故事。」

婉如的話，說得三個人都笑了。

「我嗎？半句話也不說謊，我的確還沒有遇到過理想中的愛人，但我並不苦惱，我覺得愛人這個問題，不是東找西尋能夠發現的，她正像買航空獎券一般完全碰運氣，有時也許有三個四個異性同時向妳追求，但你一個也不愛他們，有時你愛了一個男人，偏偏又遇着他不愛妳，或者不能愛你，在這種場合之下，當然只有忍受着，我想總有一會也遇到一個自己所喜愛同時他也很愛我的異性。萬一永遠遇不着呢，我覺得也沒有什麼了不起，一個人過一輩子的清靜生活，把全副精神寄託在學問和事業上，也許比結婚更要快樂，更要幸福，婉如，你說我的話對不對？」

婉如笑了，原來重言還是和自己的思想一樣的同志，但她是有了愛人的人，爲了對方老是催促着她早點結婚，她正感着深深的苦惱，趁這個大家都把秘密公開的當兒，她也很坦白地說出了自己的心事。

「我是有了愛人的，他在××報擔任記者，我們已有五年認識的歷史，他常常催着要結婚，但是我害怕結婚後就有孩子的痲煩，所以一年推一年，這回要不是我跑到前方來工作，也許會結婚也說不定。人，的確是整天在矛盾中生活着的，沒有旁人的時候，又覺得一個人太孤單，心靈上老感覺到好像缺少一件什麼東西似的，尤其當着春光明媚，鳥語花香，看到人家一對一對地挽着手去踏青的當兒，你會感覺到自己是個被春之神拋棄了的可憐的孤兒；或者在秋高氣爽的月夜，在大雪紛飛的冬天，你都需要一個人伴着你看月，伴着你圍爐談心，但當你的目的一經達到，你又會覺得戀愛的滋味不過如此如此而已，所以我現在正爲結婚這個問題所苦惱，究竟是結婚好呢？還是不結婚好呢？如果我老是拖下去，對方是否願意？他不願意，我是和他破裂還是我屈服呢？芷英，我們的小諸葛亮，你替我想個辦法吧，還有重言和莉子，我也希望你們給我一個誠懇坦白的指示。」

「我以爲先決問題，還是在你自己，是不是你現在也感覺到需要結婚？如果需要，或者至少對於結婚並不害怕，我勸你早點結婚，否則再過一、二年也未嘗不可，對方若是眞正愛妳的，那怕多過三年五年，他也能等待的，你們說對不對？」

芷英眞像個小諸葛，她毫不加思考地回答了婉如。

「哼！男人如果愛上你，他要等三年五年才怪，恨不得今天戀愛，明天訂婚，後天結婚，他們是閃電似的戀愛，成功越快越好，如果不成功，馬上又可以另換一個對象，所以一般人都說，男人對於戀愛最沒有耐心。」

重言的話，引起了莉子的長篇大論來。

「重言所說的那種男人，不過是很少數而已，多情的男子還是很多的，你看歌德寫的維特是多麼熱愛着綠蒂，小仲馬筆下的亞猛是多麼鍾情於馬格麗特，這是很早以前的事實，就拿愛德華八世來說吧，他居然爲了辛浦森夫人而犧牲他的皇位，自古以來有多少不愛江山愛美人的男人，他們情願爲女人犧牲名譽、犧牲生命財產……」

「得了，得了，莉子詩人，你快不要往下說了。」芷英連忙打斷莉子的話說：「如果男人都像幽王舉烽火以娛褒姒而亡國、唐明皇爲了整天沉醉在楊貴妃的懷抱裏，於是『從此君皇不早朝』。還有……太多太多，如果詳細說起來，就是三天三夜也說不完，我覺得戀愛是神聖的，無論男人對女人，或者女人對男人，要眞正覺得對方的人格、學問、道德各方面有值得我們愛的才去愛他，絕不能女的只愛男人的財產地位，男人只愛女人的年輕貌美……」

「夠了，夠了，我們的諸葛亮，你也不要把題目拉的太遠了，我們的時間寶貴，已經談了很久了，還沒有得一個結論出來，讓我來冒昧地說幾句吧，我覺得我們四個人都有不同的見解；莉子是戀愛至上主義者，芷英是愛的浪漫主義者，我和婉如是愛的寫實主義者，好，現在我們且聽芷英的戀愛故事吧。」

重言一張嘴像開機關槍似的說了一大堆，她打斷了芷英的話，芷英很不高興，加之她心裏正爲着萍的事在苦惱，實在再也無心講什麼戀愛故事了。

「時間已經不早了，我們趕快走吧，回頭來我再把老實話告訴你們。」

芷英勉強地敷衍着她們。

「呵，眞的，芷英，我還忘記了問你昨天我交給你的那封厚厚的信，是不是誰的一封情書？」婉如笑着隨芷英站了起來。

「不是，不是，千萬不要胡說八道，那是封討論工作的信，不信，回家去我給你們看。」

其實，這正是一封情書，而且芷英也決對不會把它公開的，但爲了怕她們吵着要看，所以她才說出公開的話來。

大家拗不過芷英，只得站起來向目的地出發。

婆媳之間

先從婆婆打媳婦說起

記得我十二歲的時候，有一天看見王老太太用她的拐杖打媳婦，媳婦不敢逃，也不敢回嘴，要不是鄰居來勸架，說不定會打成重傷的。

「我不懂媽爲什麼對我這麼狠？她受了自己婆婆的氣，不該出在我的身上，拿我做她報復的對象。」王太太流著淚對王先生說。

「唉！天下無不是的父母，她老人家年紀大了，在世界活不了多久，你就多讓她一點，不要老是和她計較。」

王先生說話的聲音非常溫柔，彷彿深怕觸怒了太太似的。只聽得王太太大聲地說：

「我的年紀也老了，我也有媳婦，她不應該到現在還對我這麼兇。自從我嫁到你們家裏，媽老是板著一副鐵一般的面孔，三十多年了，我天天過著童養媳一般的生活；我在她的眼裏，簡直不是人，連豬狗都不如，要罵就罵，要打就打，我再也忍受不了，我要……」

聽到這裏，王小妹拉著我的手走開，滿臉愁容地問我：

「英姊姊，我眞害怕媽有一天會丟下我們逃走了，或者去自殺。」

「不會的，你不要胡思亂想。」我連忙安慰她。

「我眞不懂奶奶爲什麼要打媽？憑良心說：媽是個最能幹、最賢慧，也是個最聰明、最孝順父母的女人，爲什麼奶奶老是不滿意她，天天挑剔她的毛病，這不是，那也不是，究竟是怎麼回事呢？」

「我聽媽說妳奶奶的婆婆對她不好，很刻薄，她受了很多苦，所以要在妳媽身上報復。」

「那不是太可怕了嗎？媽如今受了奶奶的虐待，她就要往嫂嫂她們身上報復，將來嫂嫂又要在她們的媳婦身上報復，這樣一代又一代，不是永遠沒有完的一天嗎？」

眞想不到王小妹的腦子是這麼聰明的，她說的話，完全像大人一樣。

從那時候開始，我就懂得婆媳之間，有了隔閡和糾葛。在鄉下，我看見很多的例子，大多數都是婆婆很兇，整天挑媳婦的毛病，晝夜嘮叨，假如她、或者她的兒子生了病，她會怪媳婦的命不好，帶給家裏壞運氣，要逼著兒子休妻。這種婆媳不和的家庭悲劇，在古時，幾乎家家都有，我們從〈孔雀東南飛〉，陸游的〈釵頭鳳〉，沈三白的《浮生六記》裏，都可以見到這些例子。

「兒子是自己生的，不管你怎樣打他、罵他，到底是親生骨肉，他不會記仇，一會兒就忘了。媳婦是別人家的女兒，妳要好好待她，要不然她不但恨妳，而且連帶會影響她和妳兒子的感情。」

這是先母在世時，常常用來勸別人的話。

我有三個嫂嫂，母親把她們當做女兒一樣看待，年輕人喜歡睡晚覺，往往早晨她們都沒有起來，母親就做好了飯，等她們起來吃。六祖母是個心直口快的人，她常說母親把媳婦寵壞了，母親回答她：

「唉！將心比心，假如我的女兒嫁到婆家去，婆婆虐待她，我會傷心的。」

兩個美國婆媳的例子

民國三十三年，我在成都的時候，認識一位美國太太，她的民族優越感很強，認爲美國的一切都是好的，特別是小家庭制度，以爲比中國的大家族制度，不知要好多少倍。她的婆婆病了，躺在床上呻吟，她連理也不理，她對丈夫說：

「媽病了，你叫她去找醫生，如果病重，就住醫院，不要老住在家裏傳染我們。」

前年我在美國，在紐約向李太太打聽有關羅太太的生活狀況，她不勝感慨地說：

「眞是一報還一報，過去她在成都，不理她的婆婆，如今她的三個兒女也不理她，現在半身不遂，躺在養老院，吃飯都要人餵，好可憐啊！」

於是我接著說：「這時候，她該知道中國的倫理道德是世界上最好的吧？」

「可不是嗎？中國的孝道，是最令人感動的，父母辛辛苦苦地把兒女撫養成人，原本不希望一定要得到什麼報酬，他們只是無條件地付出他全部的愛；但是我們人類受了別人的好處，總要想法報答，這才有人情味，才是做人起碼的條件；假如忘恩負義，甚至恩將仇報，以怨報德，那就根本不能算是人了。」李太太這樣說。

接著我把貝絲的孝順故事，告訴李太太：

「貝絲的丈夫叫做皮爾，夫婦兩人愛情彌篤，相敬如賓，沒有兒女，兩人各有一個年高的母親，父親都去世了，她們把兩位老人家接來住在一塊兒，白天，兩人都去上班，兩位老太太照應家事。她們很想幫女兒、媳婦做點事，可是貝絲不讓她們動手，午飯吃三明治，她在早晨就準備好了，晚餐等到她下班回來做；後來看見兩位老人常常生病，索性夫婦都申請退休，專門在家侍候母親。他們眞像中國的孝子孝女尊敬老母，體貼入微，我曾經邀請他們來臺灣觀光，比爾說：『我們爲了母親，什麼地方也不敢去，要等到她們上天堂之後，才能自由行動。』」

去年秋天，貝絲的母親去世了，他們非常傷心；最難得的是兩位親家母居然能夠和睦相處，不發生齟齬，實在不容易。

這是兩個少見的孝子，美國人應該以他們爲模範的。

我的公婆對我慈祥體貼

現在再說我自己在婆媳之間的親身體驗：

三十四年的冬天，我帶了莉兒回濟南看公婆，他們待我太好了！因爲事前我沒有寫信回去，突然從天而降，他們來不及收拾房間，就安頓我們母女住在四姨家。公公每天清晨買了燒餅油條，替我們送上樓來。

「快吃，快吃，冷了就不好吃了。」

「爸，您老人家不要每天送來，我們自己會出去吃的。」我連忙把小籃子接過來。

「出去也要花時間，在家裏吃，方便多了。」接著他又說：「你媽爲你們燒的雞、燉的肘子，已經三天了，還沒有吃，她每天晚上都要煮滾一次，怕壞了，今晚可以回來吃飯嗎？」

「爸，眞對不起，今晚又有應酬，您太客氣了，爲什麼自己不吃了它呢？」

「特地爲你們做的，要一塊兒吃，才有味道。」

「那麼我今天中午辭掉一處應酬，回來陪您吃飯好嗎？」我試探著說。

「不好！不好！別人是誠心請你吃飯，怎麼好不去呢？反正是冬天，不會壞的，留到後天中午吃也好。」

我眞想不到爺爺、奶奶（學兒女的口氣）是這麼慈祥體貼的，他們非但不討厭我天天在外面跑，參觀學校，遊覽大明湖、黑虎泉、珍珠泉、趵突泉……看朋友，還這麼關心我們，每天送早點來。

媳婦待我百般孝敬

在我前年暑假動身赴美的前夕，外子這麼囑咐我：「你這次去美國，最重要的一件事，是和媳婦、女婿要相處一個短時期，千萬不要和他們處得不愉快，先在心理有個準備；要知道現代不是從前了，什麼兒女要晨昏定省哪，請安問好哪……都免了，你要和他們生活得很愉快，讓她們歡迎你多住幾天，而不是希望你快離開。」

「你放心好了，我不是舊腦筋，我會應付的，我只要把媳婦看做我的女兒，把女婿當自己的兒子，不挑剔他們的毛病，不就得了嗎？」

我很有把握地回答他。

「對，把他們看做朋友，只要他們懂得尊敬你、孝順你，你就可以滿足了。」

是的，我是一個最容易滿足的人，只要孩子們多叫我幾聲媽，便心花怒放了。我很高興，三個兒女都懂得孝順，從來沒有頂過嘴，不做絲毫越軌的事情；他們都有責任感，熱愛國家民族，這也許與良好的家庭教育有關，出國這麼多年，都沒有改變，眞値得我們二老欣慰的。

在芝加哥的飛機場裏，見到了輝兒和準媳婦秀冬，也見到了女兒莉莉和未來的女婿白瑞，莉兒是那麼親熱地擁抱著我，兩人的熱淚流在一起；美麗端莊的媳婦，和英俊瀟灑的女婿，都伸出手來和我緊緊地握著。輝兒連忙說：

「媽一定很累了，我們先找個旅館休息一會兒再吃飯吧。」

第一晚和媳婦女兒住一房，我觀察秀冬是那麼熱情而大方，她和莉莉相處得那麼好，猶如親姊妹一般。她叫我伯母，莉兒說：

「提前叫媽媽吧，反正兩個禮拜之後，你就是我的大嫂了，還怕不好意思嗎？」

說得秀冬滿臉通紅，我連忙安慰她：

「沒有關係，媽還沒有準備紅包，還是留到結婚那天再叫吧。」

果然，六月二十九號的晚上，秀冬跪下來叩了三個頭，親切地叫著「媽」，我立刻給了個紅包；湘兒和莉莉也叫她「嫂嫂」，她也給了他們每人一個紅包，眞是皆大歡喜，整個房子裏洋溢著笑聲和喜氣。

現在，有一件麻煩的事來臨了，那就是他們要帶我一同去蜜月旅行的問題。

「人家都是新郎新娘兩個人去度蜜月的，那有帶老太婆的道理？你千萬不要糊塗，你自己一個人去玩，不要和他們一塊兒走。」

我牢牢地記著外子的話，也把這意思告訴輝兒夫婦。

「不行！不行！一定要媽和我們同去。」秀冬首先提出抗議：「媽好不容易來一趟美國，我們怎麼好意思讓媽一個人坐飛機去紐約，而我們兩人開了車子到處玩呢？」

「媽，就因爲您老人家要來，我才特地買的新車，因爲要陪您去看尼加拉瀑布，逛紐約、華盛頓、芝加哥……您無論如何要跟我們一塊兒去，我不是很早就有信告訴您嗎？」

輝兒緊接著秀冬的話說。

「你爸爸絕對不贊成，我也覺得不方便，還是你們兩人去的好。你們的一片孝心，我很感謝；但是別人說笑話，我可受不了，還是你們兩人去吧。」

我委婉地謝絕他們。

「媽，兩個人去度蜜月，那是外國人的洋規矩；我們是中國人，有我們中國的傳統孝道，一定要請媽媽同去，要不然我們也不去了。」

秀冬的語氣很堅決，充滿了熱情，我拗不過她，只好說：「好的，等我考慮一下再答覆你們。」

我眞的和湘、莉兩兒商量了很久，也曾徵求幾位中國青年朋友的意見，他們都說：

「在外國，自然沒有母親和兒媳一塊度蜜月的例子；但我們是中國人，管那麼多幹什麼？何況留學生裏面結婚的，也有弟弟妹妹初從國內來，一同去度蜜月的；像安難結婚，安得和他們一塊兒去出遊，就是一個明顯的例子。」

這樣說來，我眞的可以和他們去了。

我還在猶疑不決之中。

「媽，您平時做事，都有果斷精神，爲什麼這麼一件小事，您考慮了幾天，還不能決定呢？」

莉兒說。

「好，我就決定和他們一同度蜜月去！」

引得大家都哈哈大笑起來。

到了紐約，見到品都夫婦，他們是外子的好朋友，知道我們三人是一道來的，大大讚美中國文化的偉大，他說：

「中國眞是個了不起的國家，你們的倫理道德，敬老尊賢，實在値得我們大家提倡實行的。」

「我和兒子媳婦一塊兒出來，您看有什麼不對嗎？」我問品都太太。

「沒有什麼不對，太好了！太好了！」

她回答我。

我和兒子媳婦出去旅行了八天，回來，我在她們的公寓裏住了十天，每晚兒子打地舖，媳婦陪我睡床，他們待我好極了！爲了怕我腿子冷，秀冬特地買了一條黑長褲送我，又爲我打了頂帽子。

「我是從來不戴帽子的，你留著自己用吧。」

「不！媽如果眞的坐船回去，海上的冷風，會吹得頭痛的。」

我覺得秀冬完全像我自己的女兒，她把我當做親生母親看待，我也把她當做親生女兒，彼此眞情流露，這樣我們的感情，自然融洽了。

當我住在賓頓哈波的時候，他們小兩口吃了早點，七點三刻就開車去上班，帶了三明治去，我一個人在家吃午餐、看電視、寫信，下午四點開始做飯，他們五點半回來，六點吃飯。

「媽，晚飯等我們回來做，您太累了，要多休息，多看看電視，睡睡午覺吧。」

他們是那麼體貼我，我也一樣地體貼他們。想到他們下班回來，還要忙著做飯，我坐在家裏，怎麼忍心不管呢？

那十天，我們都過得很舒服、很輕鬆。

「要是媽常住在這裏多好！」

秀冬說。

「哼，你們現在還不怎麼需要我，等到生了孩子之後，就更需要婆婆了。」

我說著，秀冬連忙羞答答地把頭低下來。

婆媳相處之道

現在他們結婚快兩年了，我的第一個孫子，不久也將降生了，秀冬每個星期有信來，郵簡寫得滿滿的。我研究一下，我們婆媳之間其所以感情很好的原因：不外：

一、我沒有把她當做媳婦，完全看做女兒；她也沒有把我當做婆婆，完全視爲母親。

二、時代不同，過去那種婆婆至高無上的威權，如今已不存在；因爲媳婦不是你的奴婢，她是你兒子的愛人，你不要罵她，更不能折磨她。

三、我了解時代不同，環境不同，她們過的生活，和我們完全不同，她們穿的服裝，也和我們的不一樣；顏色、樣式，隨她的喜歡，不必問我是否看得慣。

四、萬一她做了不如我意的事，我可以告訴兒子叫兒子轉告她，或者我婉轉地對她說；遇到那種完全不能和婆婆相處的媳婦時，只好分居，絕不能使兒子在中間爲難。

五、我了解兒子媳婦是終生的伴侶，而我這做母親的，只是他們的長輩。這麼一想，我像客人一般，何必甚麼事都認眞呢？

六、老人的經驗是最可貴的，我可以把許多經驗告訴他們；至於他們聽不聽，那是他們的自由，我也管不了許多；可是等到他們有了兒女之後，就知道我們的話不錯了。

七、我以爲所有的老人，不論男女，如果處處以愛心做出發點，原諒年輕人的不注意禮貌，不尊敬老人，用種種方法去感化他們，好好地教導他們，我相信沒有不聽話的。

八、五六十歲以上的婆婆，如果受過上一代折磨來的，千萬不要在下一代身上施以報復，因爲她們是無辜的，我們以愛心待她們，她們也會以愛心待我們的。

以上是就婆婆方面說的。至於媳婦呢？也應該了解：

一、妳自己愛婆婆，就等於妳愛妳的丈夫，丈夫看見妳對父母孝敬，他更會以全心全力來愛妳。

二、儘管時代不同，但老人是應該尊敬的，我國的古訓：養兒防老，積穀防饑，的確是至理名言。可惜受了西洋文化的影響，近年來，都實行小家庭制度，以致和父母隔離，中國的老人，也開始嘗到寂寞淒涼的滋味；做兒媳子女的，應該好好地孝敬父母，經常關懷他們，買些他們喜歡吃的東西送去，常請他們看看電影，或者多使孫子去安慰他們。

三、了解老年人的心理，她多說幾句話，不要嫌她嚕囌。平時有什麼應酬，可以穿妳最喜歡的顏色、形式的衣服；如果去看老人，可以改穿樸素一點的，例如老人不喜歡迷你裙，妳就不要穿迷你裙去好了。

四、對老人說話，要和顏悅色，很有禮貌；假如遇到一個喜歡挑毛病的婆婆，妳千萬不要和她頂嘴，多忍耐、多犧牲，把藏在心裏的話，找個機會告訴丈夫，不要正面和婆婆衝突。因爲將心比心，將來妳自己也很快地要做婆婆的，試設身處地想想，妳的媳婦待妳不孝，妳心裏做何感想呢？

五、青年人是不了解老人的寂寞痛苦的，爲了撫養兒女成人，他們已盡了一生的精力，到了他們不能吃，不想穿，也不能動，一切物質享受都引不起他興趣的時候，唯一希望是看兒女都成家立業，他一切滿足了；所以子女應該盡力孝敬父母，不要讓他們老了還在爲衣食奔忙。

六、多接受老年人的經驗，不要以爲老人的思想不合潮流，視爲老頑固、老古董，我國的倫理道德，爲世界各國之冠，這優點，還不是受了孔孟思想的影響嗎！固然儒家思想，有些不合今天的潮流；但我們也可以「擇其善者而行之，其不善者而改之」。一個人的思想，是會受年齡時代和環境的影響而改變的，等到自己的年齡和父母這時候一般大時，思想又不同了；何況妳對父母孝順，妳的兒女看了，無形中受到潛移默化的影響，他們也會孝敬你們的，「敬人者，人恆敬之；愛人者，人恆愛之」。這是兩句最好的格言。晚輩對於長輩，不用說，應該敬老尊賢；尤其對於身體不好的長輩，應該特別體貼他，侍奉他，使他得到溫暖，得到安慰，享受人生難得的樂趣。

七、年輕人往往視老人的關懷爲嘮叨，或者把老人善意的忠告，看做嚕嗦的廢話；他非但不聽，而且還強詞奪理地辯論，使老人又氣憤、又傷心。因此做兒女媳婦的，應該善體親心，即使有相反的意見，也用不著辯論、反抗，姑妄聽之就可以了。

八、媳婦對公公婆婆，假如能像對自己父母一樣，那麼社會那裏會發生婆媳問題呢？每個人只要不自私，處處想到對方，以己之心，度人之心，上下兩代，都以愛爲出發點，老年人學習青年人的朝氣，青年人接受老人寶貴的生活經驗，一家人融融樂樂，歡聚一堂，過著美滿幸福的生活，這才是有意義的人生，才能建設完美的社會，強盛的國家！

夫婦相處之道

老實說，這是一個有伸縮性的題目，假如你有時間，可以寫成洋洋十萬言的專著；否則，你寫幾條格言似的短語，同樣會發生一點啓示作用的。

現在我先說幾個小故事：

一對結婚兩年了的夫婦，黃昏在北平天安門外馬路上散步，丈夫問妻子：「這裏的路燈很亮，是什麼時候裝了這麼多電線桿的？」

「在你沒有生出來之前就有了。」太太幽默地回答他。

「爲什麼以前我們兩人在這裏散步的時候，根本沒有看見電線桿呢？」

「當然囉，那時候，你的眼睛裏只有我，怎麼會看見別的東西。」

「對了，此一時也，彼一時也。」

先生緊接着太太的話說。

「我眞想不到，人的性格會隨時改變的。」江太太說：「戀愛的時候，我的丈夫經常陪我買東西，有時爲了一件衣料或者一雙皮鞋，要跑好幾家店舖，他從來沒有露出一點不耐煩的表情；結婚之後，他完全變成了兩個不同的人，我們上街買東西，他老是站在大門口抽煙，也不進來幫我參謀參謀，等我跑去問他的時候，他說：『唉！你們女人啊，眞囉嗦，東西都是一樣的，隨便買一件好了。』」

於是我也笑着安慰江太太：「唉！此一時也，彼一時也，您千萬不要難過，想開一點就好了。」

「從前我是爲了她的性情溫柔，活潑大方，才愛上她的；誰知結婚之後，生了孩子她突然變了，家事不管，整天在外面出風頭，一點也不像個女人，請問：我要這種太太做什麼？」

卜先生氣憤憤地向他的好朋友于先生發牢騷。

「你不要不知足了，憑心而論，卜太太是很好的，她回家來，還替你倒茶擦皮鞋，你不看見老卡嗎？太太還把她的情人弄到家裏來住，要是你和我受得了嗎？」

「哼！要是我，早叫她滾蛋了……」

……

好了，例子不必多舉，公公道道，我一共說了四個短短故事，男女各半。舉一反三，證明結婚與戀愛時的生活是大大不相同的。

戀愛是詩一般的生活，彼此都尊敬對方，盡量表示自己的謙虛、禮貌、優點，而把缺點隱藏起來，等到結婚之後，眞面目露出來了，於是有的男人自尊心太重，他覺得太太總得像個太太，應付家事，撫養兒女，都是太太的事，自己應該享清福的；他沒有想到時代不同了，現在不是男子治外，女人治內的封建社會，不論家事、兒女都要兩人平均負擔的；在另一方面，有少數太太，拿了丈夫辛辛苦苦賺的血汗錢，跑去委託行買昂貴的化粧品、衣料，或者打牌賭博，好吃懶做，都是不對的。

我以爲夫婦相處之道，應該做到以下幾點：

第一，互敬。我曾經觀察許多家庭，只有太太尊敬丈夫，在朋友面前，表示丈夫的能幹、體貼；而很少看見丈夫讚美太太的；有時在自己太太面前，反而拚命誇獎別人的太太，是如何的能幹，如何的美麗，他沒有想到那些話，是多麼地刺傷了太太的心。丈夫不尊敬太太的人，多半是「將夫比天」的獨裁者、專制魔王，他所受到精神上的損失是很大的，不過自己不覺得而已。

第二，互信。交朋友講信用、政府與民衆講信用、國與國之間的外交講信用、夫妻之間，更要講信用！如果兩個人什麼都開誠佈公，以赤心相見，有什麼誤會，一經解釋，就沒有事了，夫婦相敬如賓，那裏會有輕視、藐視的事發生呢？

第三，互忍。夫妻之間，互諒固然重要，我以爲互忍更比原諒來得重要。不論男女，有時爲了一點芝蔴大的小事，就破口大罵，拍桌子、摔東西，或者說「離婚」、「分居」的人，是最沒有修養的。我國的張公百忍、唾面自乾的故事，至今早已失傳；「能忍自安」，這是一句很好的格言，那些夫妻能夠白頭偕老的，我相信男女雙方，都有忍耐美德的。

第四，互助。不論男女，各人總有長處和優點的，夫婦是人類關係最密切的伴侶，朝夕相處，對方有不知道的事，要告訴她；能力所不及的事，要幫助他；妻以夫貴，夫也應以妻爲榮，兩人要同德同心，永遠像初戀、熱戀一般地爲建設一個美滿的家庭而努力奮鬪，爲子孫留下一個良好的楷模，爲國家民族打一個健全的基礎。

朋友，你希望家庭美滿嗎？首先請從「互敬」、「互信」、「互忍」、「互助」做起！

六十年七月五日

幸福的一面

一連拜讀了二十來篇談「異族通婚」的文章，三分之二以上的作者，都是舉出具體的事實，不贊成和異族通婚，理由都說得光明正大，幾乎讓我也要隨聲附和起來。現在讓我站在「公道」的立場，也舉出幾件事實來談談。

事實之一：

十多年前，當我第一次看見我的同事莫孤先生的小姐和一位美籍青年，在一所托兒所的禮堂舉行結婚典禮的時候，我看到新娘頭戴鳳冠，身著霞帔，新郎穿着長袍馬褂，我心裏想：這哪裏像結婚？簡直是演戲嘛！那時候，臺灣還沒有電視，如果在今天，大家都可以看到這個新奇而熱鬧的場面。

「莫先生夫婦怎麼這樣開通，願意把女兒嫁給洋人？」

「一定是拜金主義作祟。」

「莫先生是個有學問的大學教授，他從來不崇洋，也不拜金，因爲女婿來中國學中文好幾年了，莫先生看他是個誠實可靠的青年，所以才答應女兒的要求，允許他們結婚。」

「哼，現在是熱戀時候，當然表現很好；只怕將來洋人變了心，莫小姐就會痛苦一輩子了。」

「那時候，後悔也來不及了。」

「婚姻本來就是一件冒險的事情，你沒看見多少中國人和中國人離婚的悲劇嗎？」

「對了，中國人跟外國人都有好有壞，不可一概而論。」

這是當時我聽到好幾位太太的談話。老實說，我的心裏也感到萬分不安，深怕莫小姐今日的歡樂，變成將來的悲哀。

可是事實上他們後來有了兩個小寶寶，恩愛如初婚，夫婦兩人每隔兩年就回來探親一次。去年洋女婿把岳母接去，已經一年多了，莫太太還沒有回來。女婿是夏威夷大學的教授，不久要率領中文系的學生來臺研習。女兒開了一家禮品店，推銷臺灣土產，莫太太要照顧外孫，所以只好讓老伴獨守空房了。

事實之二：

邱太太的第二個女兒長得很矮，卻嫁給一個很高的美國人，誰見了都覺得不相稱。他們在路上並排着走，一高一矮，實在看着不順眼。我很懷疑這一對夫妻能白頭偕老嗎？

去年邱先生因爲腦溢血去世，洋女婿接到岳父逝世的電報，非常悲痛，馬上和妻子回臺奔喪。最難得的是他居然和兒子一樣披蔴帶孝，跪在靈堂回禮，誰見了都驚訝，也萬分感動。今年他把岳母接去加州奉養，邱太太看到五個可愛的外孫和外孫女（大女兒生一男一女，次女生了三個女兒），也高興得暫時把思念亡夫的悲哀沖淡了。

事實之三：

一位在加州大學擔任圖書館副主任的曾先生，爲了反對女兒嫁給美國人，拒絕見女兒的面，連外孫也不准進大門。不知經過多少朋友好言相勸，曾先生都置之不理。他的固執，是我們想像不到的。曾太太爲了這件事，不知流了多少淚，也不知苦苦地要求丈夫多少次，請他恩准女兒回家來住幾天，曾先生絕不答應，女兒女婿只好住在旅館裏，和母親偷偷相會。

雖然洋女婿受到岳父如此敵視，他並不在意，反而安慰太太：

「不要難過，總有一天爸爸會改變態度的，等我們的女兒長大了，會說許多中國話，那時候他也老了，我們去看他，一定不會拒絕的。」

事實之四：

一對德國夫婦，因爲不贊成兒子和一位中國籍小姐結婚，就和長子斷絕關係六年。兒子給他們寫信，照例置之不理。前年暑假，她突然想念起兒子來，替他寄去一個大包裹，做爲生日禮物，裏面有穿的，也有吃的。兒子和媳婦喜出望外，連忙去信道謝。兩個月之後，兩老居然坐了飛機到西班牙看兒子和媳婦。一見面，在緊緊的擁抱和熱吻中，兩代間的鴻溝消失了。婆婆看見媳婦這麼有學問，性情又溫柔，又賢慧，高興的不得了，她自動要求和中國親家母通信、見面，自己先寄上禮物，表示千里鵝毛之意。

夠了，例子不必多舉，以免有人以爲我在「媚外」，替洋人宣傳。其實天下的男人、女人都有優點和缺點，對任何一國一省的人不應一概而論。兒女婚姻是他們自己的事，父母可處在指導的地位，把有關婚姻幸與不幸的故事告訴他們，做爲參考和警惕。假如他們不接受勸告，非跟外籍愛人結婚不可，那也只好由他去了。

本來我還想舉幾個中國人在海外的不幸婚姻做例子，爲了節省篇幅，只好從略。最後，我不提倡和異族通婚，但是也不反對，只要對方人品好、性情不暴躁、感情眞摯、有學問、有本領、了解中華文化，特別是中國的倫理觀念。能夠愛中國、愛丈夫或妻子的家人、能夠教子女讀中文、說中國話，所謂不忘本，那麼國際婚姻，可做爲達到世界大同的橋梁，有甚麼不可以呢？

三民叢刊1

邁向已開發國家

孫　震　著

邁向已開發國家的過程中，先是追求成長與富裕，但富裕之後，仍有很多我們要追求的目標。作者孫震博士，曾參與臺灣發展的規畫，也對臺灣邁向已開發國家的前景充滿信心，但除了經濟上的成就外，作者更關心的是新時代來臨後的羣己問題、教育問題，正如這幾年來他所持續宣揚的——更重要的是邁向一個「富而好禮的社會。」

三民叢刊2

經濟發展啓示錄

于宗先　著

在多年的高度發展以後，臺灣的經濟也併隨產生了許多問題；諸如經濟自由化的落實、勞資雙方的爭議、產業科技的轉型、投機風氣的熾盛等等，都是目前迫切的課題，本書作者于宗先先生，以其經濟學者的關心，對這些問題提出其專業上的看法。而這些討論，將更能爲臺灣進一步的發展提供可貴的啓示。

三民叢刊3

中國文學講話

王更生　著

從「關關雎鳩，在河之洲」開始，中國文學匯流成波瀾萬千，美不勝收的滄海。坊間介紹中國文學流變的書籍很多，但大多以政治朝代分期，無視於文學本身一貫的生命，而把文學以政治分期的手術刀隨意支解；本書突破以往陳陳相因的格式，改採以文學體裁爲基據的敍述方式，將各種文體的流變以一氣呵成的方式介紹給讀者。以使讀者有遊目騁懷之快，也更能掌握中國文學整體的生命。

三民叢刊7

勇往直前

石永貴 著

石永貴先生，絕對是大衆傳播界一個響亮的名字，在他任內，使新生報轉虧爲盈，發行量增加了一倍，也是在他任內，使臺視業績成長了四十四倍，並使臺視新聞確立了不移的口碑。他的成功經驗，勇氣和堅持，當可予人不同的啓示。本書卽收集了石永貴先生自述其心路歷程的文字，從書中，我們可以看到他怎樣期待部屬，也看到要求自己，這些經驗和理念，不僅可讓傳播人獲益非淺，一般人讀了，也可獲知成功的理念何在。

三民叢刊8

細微的一炷香

劉紹銘 著

劉紹銘先生爲海外知名學者，研究現代文學聲譽卓著。他以本名撰寫文學評論，以二殘筆名撰寫諷諭文章，文思流暢，刻畫生動，本書爲作者最新之文集，蒐集大陸民運前後發表的文評及雜文，除了析述海內外有關中國的文壇發展外，字裏行間所流露的對中國現勢及未來的痛心及關心，更是使人心動。

三民叢刊9

文與情

琦君 著

琦君的散文，溫柔敦厚，於自然中散發出細膩的情思，久已爲人稱譽。本書卽收錄了他最近的作品，從日常生活中隨手拈來，自也透露出作者駕馭文字的純熟工夫。另外並有琦君向少執筆的小說及她第一次執筆的劇本，可看出作者對文字掌握的多面能力。不可不讀。

三民叢刊10

在我們的時代

周志文　著

「在我們的時代，希望很容易幻滅，但在一段沮喪過後，逃逸了的希望又常常不期然地像雨後的彩虹一般的在遠方出現。」本書收集作者兩年來在中時晚報所發表的時事短評，針對的人、事雖各有不同，但所抱持的理念是一致的，那就是一個人文學者對現世的關懷，與對未來猶不死滅的希望。作者以洗鍊的文筆，犀利的剖開事件上層層的迷障，讓我們得以見到更深刻的事實和理念。

三民叢刊11 12

中央社的故事

周培敬　著

六十年來，中央通訊社一直在中國新聞界的發展上扮演著重要的角色；從建立全國性的電訊網，收回外國通訊社發稿權，見證八年抗戰，親歷臺灣經濟奇蹟，目睹了退出聯合國，中央社一遍遍的做下時代的紀錄。它寫著這些年的歷史，從而也把自己寫進了歷史之中。

三民叢刊13

梭羅與中國

陳長房　著

美國作家梭羅以其《華爾騰》（或譯《湖濱散記》）一書呼喚人們在日常更深入的生活，創造更有意義、更爲快樂的生活，而聞名於世。其對生活的態度正與中國的孔、孟、老、莊思想有相契之處。作者陳長房先生層層爬梳，探究其間的關係，並論述了梭羅的作品及思想。透過這跨文化的比較，也許正可幫助我們在濁世中尋覓桃源。

三民叢刊14

時代邊緣之聲

龔鵬程　著

時代的邊緣人，不是無涉於世的出世者，他只是退居在時代激流之旁，以讀書、讀人、讀世自遣，以文字聊爲時代留下些註腳。本書即是以時代邊緣人的心情自謂而做的記述，偶或玩世不恭，亦曾獨立蒼茫，但終究掩不住其對時代的關切及奮激之情。

三民叢刊15

紅學六十年

潘重規　著

本書爲「紅學論集」的第三本，集中討論紅學發展，及列寧格勒《紅樓夢》手抄本的發現報告及研究。作者於《紅樓》眞旨獨有所見，歷年來與各方論辯之文章，亦收錄於書中，庶幾使讀者一窺《紅樓夢》之眞意所在，及紅學發展之流變。

三民叢刊16

解咒與立法

勞思光　著

近來臺灣的社會力在解除了身上的魔咒之後，一時四處噴發，整個社會因而孕育著新生和希望，也充滿了騷動和不安。勞思光先生以其治學的睿智，剖析社會紛亂的眞象，指出：「解咒」之後，必須「立法」，亦即建立新的規則，若在這一步上沒有成果，則所謂「進步」亦失去意義。值得吾人深思。

三民叢刊17

對不起，借過一下

水晶　著

「對不起，借過一下！」要借的是：在舉世滔滔，資訊爆炸的年代，各人心靈上的一點空間，來容納書中帶來之感性與理性的清涼。

本書爲作者近作之散文及評論的合集，散文率從生活小事著墨，筆觸輕靈動人。評論主要針對張愛玲、錢鍾書二氏之作品，亦抉其幽微，篇篇可誦。

三民叢刊18

解體分裂的年代

楊渡　著

隨著歷史的前進，臺灣的生活方式由農業生活轉入了工業社會，生活方式的改變也帶來了社會結構，包涵政治、經濟等方面的結構解體、分裂，與重組，而重組的路究竟通向何方？改革？或是革命？作者近年來著力追尋改變的軌跡，肯定了改變的根源來自民間，其路向也該朝向人民的需求。書中文字即記錄了作者追尋過程中所注意到的種種現象，期能透過對這些現象的反省，從中得到記憶的力量。

三民叢刊19 20

德國在那裏　政治・經濟篇　文化・統一篇

郭恒鈺・許琳菲等著

一九九〇年，兩德的快速統一，使德國成爲舉世矚目的焦點，也爲其他仍處於分裂中的國家，樹立了一個典範，而「德國經驗」的成功，有其廣泛的背景。本書即是對二次世界大戰後的「德國經驗」作一次總回顧，有系統的介紹了聯邦德國政治、經濟、文化等等的制度概況，及兩德統一的過程和啓示，可爲有心更瞭解德國的人作參考。

三民叢刊21

浮生九四

——雪林回憶錄

蘇雪林　著

蘇雪林女士是新文學運動中第一代的女作家，在文藝創作和學術研究上都有豐碩的成果。晚年她親自撰寫此書，敍述其一生的經歷，文藝創作的動機、及學術研究的進程。文筆質樸，字字眞實，不僅是個人的紀錄，也是時代的見證。

三民叢刊22

海天集

莊信正　著

「海內存知己，天涯若比鄰」。若能以文會友，與天下人相交往，實爲人生樂事。作者在書中所欲實現的，正是此一理想。全書共分三輯，第一輯論中國文學，第二輯談西洋文學，第三輯則屬於比較文學。論述地區包含中、美、英、法、俄，篇篇精到，爲不可多得之作。

三民叢刊23

日本式心靈

——文化與社會散論

李永熾　著

日本人具有複雜的民族性格，美國人類學家潘乃德曾以菊花與劍來象徵這種複雜與矛盾。李永熾先生在本書中，從日本人的家族組織、社會思想、文學及電影作品等方面深入剖析日本的文化與社會，藉由此書，將有助於我們更了解日本式心靈的面貌。

三民叢刊24

臺灣文學風貌

李瑞騰　著

臺灣由於近代歷史命運的多重變遷，使臺灣文學也隨之而顯現出豐富的面貌。李瑞騰先生多年來致力於臺灣文學的觀察與研究，認爲臺灣文學雖有其獨特性，但仍不自外於中文文學，更需納入以中文作爲表現媒介地區的體制下，尋找彼此間互動的關係。本書即是他近年來觀察的呈現。

三民叢刊25

干儛集

黃翰荻　著

黃翰荻先生撰述的藝術評論，關注的不僅是藝術創作本身，而擴及藝術創作所在的整個大環境。雖舉世滔滔，仍不改其堅持。「刑天舞干戚，猛志固長在」，書名出自於此，作者深意也由此可喻。

三民叢刊26

作家與作品

謝冰瑩　著

月旦人物，臧否文章，並非一定都是冷靜的陳述；懷恩的心情，謙和的筆調，也許更能引發人們的共鳴。謝冰瑩女士以溫婉的筆調，描寫她所接觸過的作家與作品，並抒發一己之感，不以深奧的理論炫人，而意韻自然深刻雋永。

三民叢刊27

冰瑩書信

謝冰瑩　著

寸筆短箋所成就的，不僅是一封封信件，更是一份份心意。本書蒐集了謝冰瑩女士寫給她的小朋友、大朋友、老朋友們的信件，雖然對象不同，但作者對周遭人事的深厚關懷卻處處流露，細讀之下，更能體會字裏行間所蘊涵的溫暖之意。

三民叢刊28

冰瑩遊記

謝冰瑩　著

遊跡萬里，不僅能增廣見聞，且能開拓心胸，若身不能至，則一卷在手，神遊萬里，亦可一舒胸懷。透過謝冰瑩女士生動靈活的筆觸，常可使讀者有與之偕遊之感。或可稍補不能親臨之憾。

三民叢刊29

冰瑩憶往

謝冰瑩　著

記憶裏可能儘是些牽牽絆絆的事物，然而它也可以成爲我們面對生活的力量。作者以清逸的文章，追述往日的點點滴滴，在歲月的流逝中，更堅定了她對創作，對生命永不懈怠的信念。

三民叢刊30

冰瑩懷舊

謝冰瑩　著

本書蒐集的多爲作者對故人的追念文章。謝女士生平以眞心待人，至親好友的生離死別，對她尤其有特別深的感受，筆之爲文，更顯情誼，將人生遇合的不定，生非容易死非甘的難堪，描摹的十分貼切。性情中人，讀之必有所感。

國立中央圖書館出版品預行編目資料

冰瑩書信／謝冰瑩著.--初版.--臺北
市；三民，民80
面；　公分.--(三民叢刊；27)
ISBN 957-14-1798-X (平裝)

855　　80001040

ⓒ冰　瑩　書　信

著　者　謝冰瑩
發行人　劉振强
出版者　三民書局股份有限公司
印刷所　三民書局股份有限公司
地址／臺北市重慶南路一段六十一號
郵撥／〇〇〇九九九八——五號
初　版　中華民國八十年五月
編　號　S 85213
基本定價　叁元柒角捌分
行政院新聞局登記證局版臺業字第〇二〇〇號

ISBN 957-14-1798-X (平裝)